거기서,
도란도란

거기서, 도란도란

부산 구석구석, 이상섭 팩션집

초판 1쇄 발행 2018년 4월 16일

지은이 이상섭
펴낸이 강수걸
편집장 권경옥
편집 정선재 윤은미 김향남 이송이 이은주
디자인 권문경 조은비
펴낸곳 산지니
등록 2005년 2월 7일 제333-3370000251002005000001호
주소 부산시 해운대구 수영강변대로 140 BCC 613호
전화 051-504-7070 | 팩스 051-507-7543
홈페이지 www.sanzinibook.com
전자우편 sanzini@sanzinibook.com
블로그 http://sanzinibook.tistory.com

ISBN 978-89-6545-502-8 03810

* 책값은 뒤표지에 있습니다.
* 이 도서의 국립중앙도서관 출판예정도서목록(CIP)은 서지정보유통지원시스템 홈페이지(http://seoji.nl.go.kr)와 국가자료공동목록시스템(http://www.nl.go.kr/kolisnet)에서 이용하실 수 있습니다.(CIP제어번호: CIP2018009682)

거기서,
도란도란

부산 구석구석
이상섭 팩션집

산지니

차례

1부

물결 따라

오륙도

해운대 간비오 봉수대

일광과 기장 학리 해녀

우암동 소막

용호동 신선대

동삼동 패총전시관 내 사슴선각무늬토기

여섯,
아니 다섯

오륙도

회사에서 또 무슨 일이 생겼나 보다. 그렇지 않고서야 근무시간에 뜬금없이 등대섬에 가자고 우길 이유가 없잖은가. 더군다나 오륙도 등대섬이야말로 동백이 죽을힘을 다해 붉은 꽃망울을 밀어 올리는 곳도 아니잖은가. 어쩌면 그런 연유로 내가 되물었을 것이다. 거긴 왜 가자는 거야? 안 그래도 바다라면 신물 나게 볼 사람한테? 가기 싫으면 관둬, 나 혼자 가든지 할 테니까! 그녀의 말을 듣는 순간 이크, 싶었다. 그녀의 목소리에 이미 진득한 소주향이 배어 있었던 것이다. 꼴에 포장마차에서 진로병과 꽤 오랫동안 어울린 모양이었다. 그녀에게 잠깐 기다리라는 '카톡'을 보내놓고 재빨리 택시에 올라탔다. 그녀가 기다리는 승두말로 향하면서도 그녀의 뜬금없는 제의에 머릿속이 뒤숭숭했다. 하지만 어쩌겠는가. 며칠 뒤면 그녀를 보고 싶어도 볼 수 없으니 도리 없이 달려갈 수밖에.

사랑이란 참 묘하다. 때론 우연에 의해, 때론 오해에 의해, 때론 자신도 모르게 시작되곤 하니까. 유달리 추웠던 그해 겨울, 혹독함을 뚫고 그녀를 향한 사랑의 감정이 싹틀 줄은 몰랐다. 그때 나는 또 한 번의 비정규적인 삶을 '쫑낸' 직후였다. 설상가상으로 아버지마저 회사로 들이닥친 구조조정의 파도를 견디지 못하고 좌초되어 집안 분위기마저 묘했다. 아버지의 나이는 오십육 세. 아이엠에프 때 유행했던 '사오정' '오륙도'란 말을 뒤늦게 아버지가 몸소 실천하게 된 것이다. 남자 둘이 한꺼번에 집구석에서 빈둥거리자 엄마의 한숨은 높아갔다. 집에 가만히 누워 있는 것마저 힘들 정도였다. 엄마의 한숨이 거친 어느 날, 나는 걸려 있던 점퍼를 꺼내 입고 현관을 나섰다. 걷다 보니 정류장 표지판이 보였고, 가장 먼저 오는 버스를 타리라 맘먹었다. 버스는 쉬 오지 않았다. 오장육부에 남아 있는 간밤의 숙취도 없앨 겸 편의점으로 향했다. 버릇처럼 펩시콜라를 집어 정류장으로 돌아왔을 때 그녀가 서 있었다. 나처럼 왼손에 펩시콜라 캔을 쥔 채. 공교롭게도 그녀와 내가 도착한 곳은 오륙도였다. 그녀는 그녀대로 펩시 캔을 쥔 채 산책을 했고 나 또한 캔이 뜨거워지도록 싸쥔 채 해돋이광장이며 유채꽃이 핀 거리를 배회했다.

그러다가 나란히 선 곳이 승두말 언덕배기였다. 남해와 서해의 기점은 홍도죠. 그럼, 동해와 남해의 기점이 어딘 줄은 알아요? 뜬금없이 그녀가 물었다. 내가 놀란 눈으로 그녀를 돌아보았다. 바로 여기 오륙도예요, 발밑을 보세요. 내 입에 아, 소리가 절로 터져 나왔다. 거기에는 오륙도를 기준으로 동해와 남해를 가른다는 동판 경계석이 놓여 있었던 것이다. 그러니까 표지석에 의하면 그녀는 남해에, 나는 동해에 서 있는 셈이었다고나 할까. 아무튼 그 와중에도 동해에서는 먹이를 찾아 크리넥스 티슈같이 하얀 갈매기가 날고 있었고, 그녀가 서 있는 남해에서는 컨테이너 박스를 가득 실은 선박들이 천천히 항구로 몰려오는 중이었다. 나는 발밑의 동판을 밟고 서서 양쪽 바다를 바라보았다. 어쩌면 그때 나는 이미 오륙도 너머를 꿈꾸었는지 모른다. 다만 장대를 건네주는 이가 없어 저 오륙도를 훌쩍 뛰어넘지 못할 뿐이라고 애써 자위하면서. 그때 그녀가 다시 말을 걸어왔다. 왼손에 쥔 펩시라, 보아하니 댁도 주류는 아닌 모양이네요. 네, 비정식 삶마저 얼마 전 계약에 실패하면서 놈팽이가 돼버렸죠. 그럼 새로운 진로를 모색해야겠네요, 저기 선착장 앞 포장마차, 어때요? 그녀는 내 수락도 없어 성큼성큼 앞서 걷기 시작했다. 잠시 뒤 우리는 포장마차에 마주 앉았다. 멍게는 '회사 개'가 생각나서 맘에 안 드니까, 밑바닥 인생을 제대로 인식할 겸 광어나 한 마리 해치우죠. 어때요? 그녀가 약간 상기된 목소리로 말했다. 아마 그래서 되물었을 것이다. 댁도 뭐 회사에 있는 '개작자'한테 단단히 물렸나 보죠? 그걸 어떻게 알았어요? 그거야 뭐 빨간 사과 안에 까만 씨 박힌 것처럼 뻔한 사실이죠. 그럼 하나 물어볼게요. 여직원이 사장 팬티와 양말까지 사 와야 하나요? 그녀는 생각만 해도 울화가 치민다는 듯 소주병의 목을 비틀었다. 그렇게 해서 '귀만 있고 입이 없다'는 잡무직 그녀와 '잡념만 있고 집념이 없다'는 나는 초면임에도 불구하고 의기투합해 술을 마셨고 둘은 빠르게 취해 갔다. 그렇게 마신 진로 소주 덕분인지, 이후 나는 새로운 진로를 모색할 수 있었다. 그러니까 그날의 그녀가 아니었다면 한국해양수산연수원의 오션폴리텍과정을 이수하고 항해실습까지 나갈 용기도 얻지 못했을 것이다.

약속 장소에 도착하니 그녀는 술자리를 털고 선착장 앞에서 서성이고 있었다. 갑자기 섬엔 왜 가자는 거야? 그녀를 보자마자 다그쳤지만 그녀는 되레 딴청이었다. 서둘러, 안 그러면 등대섬까지 헤엄쳐야 할지 모르니까. 선착장으로 고개를 돌리니 배는 고삐를 풀고 바다로 달려갈 것처럼 제 몸을 부르르 떠는 중이었다. 비틀거리며 그녀가 배에 오르려 하자 선원이 제지하고 나섰다. 이 아가씨, 진짜 고집 세네. 승선 불가라고 몇 번을 얘기해야 해! 그래서 보호자 불렀잖아요! 그녀도 지지 않고 큰소리로 맞섰다. 그러자 선원이 난감하다는 듯 묘한 표정을 지었다. 제가 책임지고 동행하겠습니다. 그럼, 되겠습니까? 내 말에 선원은 마지못해 선장을 향해 출항 신호를 보냈다. 배가 신경질을 부리듯 바다를 가르기 시작했다. 술기운이 몰려오는지 그녀는 뱃전에 쪼그리고 앉아 불어오는 바람에 온몸을 내맡기고 있었다. 방패섬과 솔섬이 보였다. 오륙도란 이름을 만들게 한 주인공. 지금은 썰물 때이니 두 섬은 깍지 낀 손을 놓고 있을 것이다. 하지만 돌아오는 어두운 시각에는 하나가 되어 있겠지. 나는 고개를 꺾고 앉은 그녀를 힐끔거렸다. 그녀는 미동조차 없었다. 배는 수리섬, 송곳섬, 굴섬을 차례로 지나 등대섬으로 향했다. 배가 나아갈수록 하얀 등탑은 제 몸피를 점점 부풀렸다. 등댓불을 밝힌 것이 1937년부터라고 했던가. 그때부터 지금까지 뱃길을 안내하는 불빛을 하루도 끈 적이 없단다. 안전한 뱃길을 위해서. 뱃사람들은 저 등댓불을 보는 순간 무사히 당도했다는 환희에 휩싸여 이제 망할 놈의 '쇠배'가 아닌 마누라 '가죽배' 탈 일만 남았다며 흰소리를 친다고 했었지. 밭섬 내릴 분, 준비하세요! 뱃머리가 섬에 접안하기 무섭게 낚시꾼들이 먼저 섬으로 올랐다. 유일한 유람객인 우리도 그 뒤를 따랐다.

생각보다 길이 가팔랐다. 조금 걸었는데도 들이마시는 숨에 바다가 빨려 들어오는 듯했고 내뱉는 숨에 섬이 통째로 흔들리는 것 같았다. 그렇게 얼마나 올랐을까. 하얀 몸매의 등대 건물이 우리를 가로막고 섰다. 오륙도로 130번지. 부산 지방해양항만청 오륙도 항로표지관리소. 1998년에 새로 지어졌다는 일명 '바람의 집.' 이름에 걸맞게 건축물 곳곳에 창과 문이 위치해 있었다. 그 창과 문으로 바라보는 바다는 마치 한 폭의 액자그림같이 고왔다. 그제야 이곳에 오길 잘했다는 생각이 들었다. 그때 어디선가 개 짖는 소리가 났다. 제길, 여기도 개가 있어! 그녀가 취기 어린 목소리로 투덜댔다. 기회다 싶어 내가 묻고 나섰다. 회사에 있던 개가 또 팬티 심부름 시킨 모양이지? 그녀는 느리게 고개를 내저었다. 그럼 벗은 팬티 빨래까지 시키디? 암튼 그것보다는 엄청 심한 짓. 도대체 무슨 짓을 했길래? 둘이서 오붓하게 교외로 나가 한우나 먹고 오자면서 내 엉덩이를 더듬었으니까. 그래서? 그래서는 뭐 그래서야, 면상에다가 서류철 집어던지면서 "내가 그리 '싼 년'으로 보이냐, 이 개잡놈아!" 하고 소리치고 나와 버렸지. 그거, 직장 때려치웠다는 얘기나 마찬가지잖아. 진작부터 마음먹고 있던 일이야, 행동이 늦었을 뿐이지. 그럼, 이제 어떡할 건데? 더 늦기 전에 공무원시험 준비나 다시 할까 싶기도 하고, 아무튼 뭐 그래. 그녀는 강아지가 있는 쪽으로 몸을 틀었다. 올라오고 보니 사무실 겸 숙소인 모양이었다. 야간 근무로 지금 깊은 잠에 빠졌는지 안에서는 아무 반응이 없었다. 나무의자를 개조한 강아지 집도 있었고 '다롱이 집'이라는 문패도 보였다. 반가워, 다롱아! 그녀가 이름을 부르자 다롱이는 제 꼬리를 흔들어댔다. 그녀는 한참 동안 다롱이와 어울렸다. 마치 십년지기를 만난 것처럼. 그녀가 갑자기 생각났다는 듯 나를 돌아보며 물었다. 근데 다롱이라면 아롱이도 있어야 하는 거 아냐? 그러고 보니 그런 것도 같았다. 하지만 주위를 아무리 둘러봐도 다른 개는 보이지 않았다.

건물 모서리를 돌자 허연 배설물로 뒤덮인 굴섬의 절벽이 눈을 파고들었다. 배설물의 주인공은 가마우지. 등탑을 향해 가던 그녀가 불현듯 멈춰 서서 단애를 노려보았다. 마치 보금자리에 새가 한 마리도 보이지 않는 게 수상하다는 듯이. 철새들이라 날이 풀리면서 다들 떠났으니 남아 있을 리 있어? 내가 알은체하며 나서자 그녀가 눈매를 일그러뜨렸다. 그럼, 저기 홀로 남아 있는 새는 뭔데? 그녀의 말에 절벽을 찬찬히 살피지 않을 수 없었다. 정말 가마우지 한 마리가 미동도 없이 난바다를 응시하고 있는 게 아닌가. 저 녀석은 왜 무리를 따라가지 않고 홀로 남았을까. 혹시 돌아오지 않은 짝을 기다리고 있는 것은 아닐까. 아, 짜증나. 오늘따라 왜 죄다 외로운 것들만 눈에 띄는 거지? 그녀가 구두덜거렸다. 그때 등 뒤에서 짜증을 부린 주인공이 너냐고 나무라듯 네냐옹, 하는 소리가 났다. 돌아보니 운동화 한 짝만 한 고양이가 우릴 노려보고 있었다. 이것 봐, 고양이마저 혼자잖아. 참다못한 내가 나섰다. 이 녀석이 우리가 찾던 아롱이일 수도 있잖아? 내 휜소리에 그녀가 눈을 흡떴다. 억지로 짝 만들지 마, 인생은 어차피 '홀'인 거 나도 잘 알고 있으니까.

3마일까지 빛을 보내는 해발 56미터의 등탑. 나선형으로 몇 바퀴를 돌아도 정상은 나타나지 않았다. 앞서 묵묵히 계단을 오르던 그녀가 갑자기 발걸음을 멈췄다. 나는 무슨 일인가 싶어 그녀의 뒤태를 살폈다. 그녀가 벽을 보며 궁시렁거린다. '이루어질수없는' 사랑이라니? 누가 이따위 띄어쓰기도 엉망인 낙서를 여기다 갈겨놓은 거야? 그녀는 글자들을 지워버릴 듯 손으로 문지르기까지 했다. 그녀의 말이 사실인지 확인하기 위해 눈을 디밀었다. 띄어쓰기에는 아무 이상이 없었다. 내가 봤을 땐 이보다 멋진 말은 없을 것 같은데? 내 말에 그녀가 나를 돌아보았다. 다시 봐, '이루어질 수 없는 사랑'이 아니라 이루어질 '수없는' 사랑이라고 써놓은 것 같은데? 그녀가 다시 벽으로 눈길을 박았다. 그러더니 고개를 돌려 호오, 하는 감탄사를 내지르며 엄지까지 추켜세웠다. 으쓱, 내 어깨가 허공으로 부웅, 치솟는 것 같았다. 그 후 그녀는 이내 계단을 오르기 시작했다. 나 또한 그녀 뒤를 따랐다. 한데 그녀의 손이 내 손을 끌어잡는 것이 아닌가. 무슨 일인가 싶어 시선을 돌리자 그녀가 얼버무렸다. 그냥, 혼자서 올라가니 힘들어서 그래. 맞잡은 손 때문일까. 손에서 시작된 온기는 내 심장으로 옮겨졌고 급기야 심장은 터질 듯이 쿵쾅거렸다. 그런데도 그녀는 씩씩거리며 계단만 밟아댔다. 멀게만 느껴지던 등탑이 드디어 모습을 드러냈다. 머리 위에 얌전히 놓인 등대의 심장. 심장은 붉지 않았고 안전한 투명 유리 속에 감싸여 있었다. 뜨겁고 붉은 것은 본디 희다고 했던가. 그녀가 조심스레 다가가 등대의 심장을 매만졌다. 그러더니 가슴으로 꼬옥 안기까지 했다. 마치 식은 제 심장을 데우듯이. 그녀는 그렇게 한동안 등대의 심장과 제 심장을 맞댄 채 눈을 감고 있었다. 그러다가 천천히 눈을 뜨고서 아득한 수평선을 바라보았다. 며칠 뒤면 네가 탄 실습선이 여기를 지나가겠지? 그녀가 혼잣말하듯 나직이 말했다. 응, 이곳을 지나지 않고는 오대양 육대주로 나아갈 수 없으니까. 그럼, 이곳을 지날 때 힘내라고 소리쳐줄래? 갑자기 그건 왜? 그래야 힘이라도 얻을 수 있을 것 같아서. 그렇다면 네 귀에 들릴 정도로 소리칠게. 몇 번쯤? 음, 여섯 번이 좋겠네, 뭐 그 정도라면 의미도 있을 테고. 그럼, 다섯 번만 외쳐도 돼. 그건 왜? 다섯 속에는 이미 여섯이 포함돼 있으니까. 알았어, 약속하지. 고마워. 그녀가 내 품으로 스르르 무너져 내렸고 나는 기다렸다는 듯이 그녀를 사정없이 끌어안았다. 멀리 수평선 위로 또 다른 가마우지 한 마리가 날아오고 있었다.

효자가 피워 올린 봉홧불

해운대 간비오 봉수대

금세 숨이 목구멍에 차올랐다. 그렇다고 멈출 수 없는 길이었다. 어머니를 위해서라면 기꺼이 자신의 목숨까지 바칠 각오가 돼 있었다. 그렇게 오르길 얼마나 했을까. 눈앞에 봉수대가 보였다. 명은 재빨리 몸을 낮추었다. 그리고 주위를 두리번거렸다. 후망꾼도 보이지 않았고 창고 건물 앞에도 사람 그림자는 없었다. 하지만 이 정도로 안심할 수 없는 일, 명은 잠시 더 기다려보기로 했다. 요의를 참지 못해 숲으로 들어간 봉군이 바지춤을 추스르며 나타날 수도 있는 일이었다. 그는 혹시 싶어 발밑의 돌멩이 하나를 주워 들었다. 그리고 힘껏 봉수대를 향해 내던졌다. 탁, 소리가 났다. 그는 얼른 몸을 낮추고 다시 한 번 동정을 살폈다. 아무런 인기척이 없었다. 명은 그제야 가슴에 품은 부싯돌을 어루만졌다. 그리고 미리 준비한 솜뭉치를 꺼내 들었다. 그런 다음 재빨리 연대를 향해 내달렸다. 땔감이 마련된 아궁이 앞에 다가가자 부싯돌을 댕기기 시작했다. 마음이 급해서인지 불씨가 쉬 살아나지 않았다. 가슴이 마구 방망이질했다. 하지만 여기까지 와서 포기할 수도 없는 일이었다. 그때 파파팍, 불씨가 솜뭉치를 휘감더니 이내 혀를 날름거렸다. 그제야 명은 안도의 한숨을 내쉬었다.

그 시각, 좌수영성의 수군절도사(수사)는 내아에서 잠시 쉬고 있었다. 동절기를 대비해 선박 수리며 땔감이며 식량 준비로 하루하루가 눈코 뜰 새 없는 나날이었다. 오늘도 이른 아침부터 성내를 순시하며 수군들을 채근하다 보니 어느새 해가 중천이었다. 그때 만호가 달려와 간비오 봉수대에서 수(연기)가 올랐다는 급한 전갈을 알렸다. 수사는 자신의 귀를 믿을 수 없어 다시 한 번 만호를 향해 되물었다. 뭐라구 그랬느냐? 예, 제 눈으로 확인한 사실이옵니다. 수사는 얼른 내아를 박차고 나와 뜰 앞에 섰다. 그리고 재빨리 간비오산 쪽으로 눈길을 던졌다. 투명한 하늘 위로 허연 연기가 피어오르는 중이었다. 수사는 그것을 보면서도 제 눈을 의심하지 않을 수 없었다. 통신사 행렬이 오가는 태평시절에 봉홧불이라니. 황령산 봉수대에서도 연기가 올랐느냐? 황령산 봉수대는 주선으로 다섯 기의 봉수대를 갖춘 곳이었다. 간비오 봉수대는 황령산의 봉수에 따라 기장 남산으로 전달만 하는 일종의 보조간선이었던 것이다. 확인해본즉 황령산 봉수대는 여전히 1봉수만 오르고 있었습니다. 만호가 고개를 꺾은 채 말했다. 수사는 그 말을 듣자 난감하기 짝이 없었다. 황령산 봉수대에서 평상시처럼 1봉수만 연기가 오르고 있다니 이게 무슨 일이란 말인가. 포도장을 보내 수를 올린 범인을 잡아들이라! 예, 알겠습니다.

수사 나으리! 수를 올린 범인을 잡아 동헌 뜰에 대령시켰사옵니다! 수군 하나가 내아로 달려와 아뢰었다. 그래? 범인을 벌써 잡았다고? 한 식경도 지나지 않아 범인을 잡아들이다니 수사조차 믿을 수 없었다. 범인을 어디서 잡았더란 말이냐? 예, 그게. 수군이 잠시 머뭇거렸다. 얼른 말하지 못할까. 실은 범인이 불을 지르고도 현장을 떠나지 않고 마치 우리를 기다리고 있는 듯했사옵니다. 뭐라구? 수사는 제 귀를 의심했다. 알았으니 잠시 먼저 동헌에 가 있거라. 수사는 수군을 돌려보낸 후 옷매무새를 가다듬었다. 나라의 안위를 해하는 막중한 죄를 저지르고도 현장에 남아 고스란히 잡히기를 기다렸다? 그렇다면 필시 말 못할 사연이 있을 터. 수사는 잰걸음을 치며 동헌으로 향했다. 동헌 앞에 서자 수사는 제 눈을 의심하지 않을 수 없었다. 포승줄에 묶인 범인은 예상과 달리 어린 꼬마였던 것이다. 이런 철딱서니 없는 녀석이 범인이라니. 수사는 마루청에 놓인 의자에 앉자마자 호통부터 내질렀다. 네가 나라의 안위를 해친 짓을 한 것은 알고 있느냐? 땅바닥에 무릎을 꺾고 앉아있던 명이 천천히 고개를 끄덕였다. 그럼, 네 녀석이 나라의 안위를 해치는 중죄를 저지른 것도 알고 있으렷다? 녀석이 다시 고개를 주억였다. 그렇다면 왜 수를 올렸느냐? 그제야 명은 숙이고 있던 고개를 쳐들었다. 제 어머님 때문에요. 뭣이? 고작 어미 때문이라고?

아이의 말을 들은 수사는 잠시 난감했다. 아이의 말대로라면 살해사건이 분명했다. 그렇다면 그건 그의 권한을 넘어서는 일일지도 모른다. 하지만 이상하게 마음이 끌렸다. 어쩌면 그런 마음을 품게 만든 것이 그를 바라보는 아이의 애처로운 눈빛 때문이었는지 모른다. 그는 직접 동래부사의 협조를 구하는 관문을 작성해 띄웠다. 그리고 지금 초조하게 위임서가 도착하길 기다리는 중이었다. 듣자 하니 내일이 발상이라니 지체했다가는 무덤에 묻힌 사람을 도로 파내야 할 수도 있었다. 그때 성문 앞에서 수많은 말발굽 소리가 일었다. 기다리고 기다리던 파발꾼이었다. 그래, 어찌 되었느냐? 여기, 수결이 담긴 부사의 위임장이옵니다. 그래? 그러면 먼저 의관과 검관부터 아이의 집으로 보내라! 예, 분부대로 거행하겠나이다. 한데 아이는 어떻게 하지요? 곁에 섰던 만호가 물었다. 그건 내가 알아서 하마.

저기입니다. 명이 손가락으로 제 어미를 발견한 곳을 가리켰다. 손가락으로 가리킨 곳은 마을과 동떨어진 인적이 드문 해안가였다. 게다가 그곳은 큰 암초로 둘러싸여 있어 은밀하기 짝이 없었다. 수사는 말에서 내려 천천히 바닷가로 향했다. 수사를 기다렸다는 듯이 세찬 파도소리가 너울을 일으키며 달려들었다. 덩달아 바람까지 날뛰었다. 바위 사이에는 파도가 갈아 만든 고운 모래가 밭을 이루고 있었다. 수작을 벌이기에는 맞춤한 장소였다. 그렇다면 필시 범인은 이곳 지리에 능한 사람이렷다? 흐음, 수사가 기침으로 호흡을 가다듬더니 곁에 선 수군 하나에게 물었다. 시신을 발견한 시각이 언제였다고 했더냐? 그제 저녁이옵니다. 아이의 어미가 갯가에 조개 캐러 가선 돌아오지 않아 저 아이가 찾아 나섰다가 여기서 발견했다더이다. 수군의 말대로라면 그저께까지 운촌마을 일대 산기슭에서 군선을 수리하기 위해 목재를 베어 나르던 날이었다. 그렇다면? 불길한 생각이 스쳤지만 일단 증거를 찾는 것이 우선이었다. 아이를 이리 데리고 오라! 수사가 소리쳤다. 그러자 수군이 아이를 대동한 채 현장으로 달려왔다. 수사는 허리를 꺾어 아이의 머리를 쓰다듬었다. 얘야, 마음 아프겠지만 하나만 묻자. 대답해 줄 수 있겠니? 아이가 고개를 끄덕였다. 혹시 엄마의 머리가 어디로 향하고 있었는지 기억하겠느냐? 바다 쪽으로요. 그럼 머리에 피를 흘린 흔적이 있더냐? 머리뿐만 아니라 두건에도 핏자국이 있긴 했습니다. 그래? 수사는 아이의 말에 혹시 모를 실마리를 찾기 위해 바위틈이며 모래톱 속까지 샅샅이 뒤지라고 수군에게 명했다. 하지만 찾아낸 단서라고는 고작 녹슨 편자 하나가 전부였다. 혹여 자진했을지 모르는 일이니 복어 알, 쌌던 종이, 헝겊 나부랭이라도 허투루 하지 마라. 다시 한 번 군졸에게 일렀다. 그런 다음 수사는 혼자 바위 표면을 꼼꼼히 살피기 시작했다. 머리에 피가 났다면 필시 어디엔가 부딪쳤을 터. 그때, 수사의 눈을 파고든 것이 있었다. 뾰족 튀어나온 모서리에 묻어 있는 터럭 한 올이었다. 수사는 터럭을 떼어내고 그 자리를 유심히 살폈다. 그런 다음 혼자 휑하니 말을 타고 운촌으로 향했다. 범행의 흔적을 찾던 수군들은 무슨 일인가 싶어 서로 바라보며 눈만 씀벅였다.

금줄이 쳐진 대문 밖에는 마을 사람들이 모여 웅성거리고 있었다. 말을 탄 수사가 나타나자 창을 쥐고 있던 수군 하나가 소리쳤다. 다들 저리 비켜라, 수사 나으리 행차시다. 그 말에 사람들은 일제히 한쪽으로 물러섰다. 수사는 대문에 다다르자 말을 멈추었다. 그리곤 아이의 집을 일별했다. 남정네 없이 혼자 아이를 키우는 형편이라 초라했지만 정갈한 편이었다. 말에서 내린 수사는 안마당으로 성큼 들어섰다. 검험을 하던 검관이 얼른 방문을 열어 수사를 맞이했다. 안방으로 들어서자 초주 냄새가 훅 끼쳤다. 그래, 검시는 다 끝났느냐? 예, 목 주위에 종이를 바르고 초주를 발랐더니 보이지 않던 멍 자국이 나타났습니다. 그리고? 손톱 밑에서 범인의 것으로 보이는 머리카락이며 핏자국도 확인했습니다. 그래? 그 머리카락을 볼 순 없겠느냐? 여기 있습니다. 수사는 검관이 건네준 머리카락을 쥐고서 뚫어져라 살폈다. 그러더니 이윽고 흐음, 하고 신음을 뱉었다. 검시 중인 나신의 여인에게 다시 눈길을 주었다. 키는 그리 크지 않았고 머리숱은 짙고 곧았다. 비록 햇볕에 많이 그을렸지만 이목구비가 뚜렷해 어디서도 눈에 띌 만한 미인이었다. 혹시 머리 뒤쪽도 살펴봤느냐? 예, 아무런 상처를 발견할 수 없었습니다. 그럼 이만하면 됐다. 검관은 무슨 일인가 싶어 눈을 흡떴다. 억울하게 생을 마감했으니 고인에게 예를 다하고 서둘러 장례 절차를 돕도록 하라!

여봐라, 모든 병사는 한 사람도 빼놓지 말고 동헌 마당에 모이도록 하라! 수사의 명령을 받은 만호와 갑사는 재빠르게 수군들을 소집하기 시작했다. 여기엔 잡색군과 능노군, 배지기도 예외일 수 없었다. 그러자 그들은 이게 무슨 일인가 싶어 두 눈 두리번거리며 동헌으로 모여 들었다. 수사 나으리, 다들 모였습니다. 내아로 기별이 오자 수사는 작정한 듯이 미간을 좁히며 동헌으로 나섰다. 수군거리던 병사들은 수사가 나타나자 일제히 입을 다물었다. 수사가 집결한 군사들의 정면에 섰다. 내가 자네들을 모이게 한 것은 불미스러운 일 때문이다. 우리가 왜 여기 있는가. 적을 막아 나라를 지키기 위해서가 아닌가. 이는 달리 말하면 적으로부터 백성의 안위를 살피는 일과 다름없을 터. 헌데 그런 막중한 임무를 잊고 되레 백성에게 억울함을 주다니! 이게 과연 있을 수 있는 일인가. 모여 있던 수군들이 웅성거리기 시작했다. 수사는 잠시 말을 멈추었다. 병사들의 수군거림이 잦아들자 다시 말을 이었다. 며칠 전부터 운촌 일대의 야산에서 목재를 캔 사람들은 앞으로 나서라! 명이 떨어지자 하나둘 앞으로 나섰다. 수사가 다시 말을 이었다. 그대들 중에서 혹여 흑심을 품어 본의 아니게 여인을 겁탈하려 한 자가 있다. 자진해서 나선다면 극형만은 피하도록 하겠다. 썩 나서거라! 하지만 스스로 범인이라고 나서는 자는 없었다. 수사는 그럴 줄 알았다는 듯이 소리쳤다. 그럼 지금부터 모두 웃옷을 벗도록 하라. 그리고 상투도 모두 풀어라. 앞에 도열한 사람들이 웅성거렸다. 하지만 감히 명령을 어기려 하는 자는 없었다. 서로 눈치를 보며 하나둘 웃옷을 벗기 시작했다. 수사는 여남은 남정네들의 상체를 살폈다. 그러다가 능노군 한 사람에게 눈길이 멎었다. 유달리 몸에 멍과 생채기가 많은 자였다. 그리고 풀어헤친 머리카락이 반곱슬이 분명했다. 수사가 곱슬머리에게 다가가 물었다. 자네는 몸에 무슨 상처가 그리 많은가? 예, 벌목하다가 난 상처이옵니다. 그래? 여봐라, 마부를 대령시켜라. 잠시 뒤 마부가 동헌에 나타났다. 이 자가 급한 일이 있다며 그제 말을 빌려 간 것이 사실이냐? 예, 틀림없는 사실이옵니다. 그럼 네놈에게 묻겠다. 그제 말을 빌려 어디에 갔다 왔느냐? 전 그저 마음이 답답해 그냥 바닷가에서 바람이나 쐬려고 했을 뿐입니다. 아녀자를 겁탈하려고 나간 것이 아니고? 아니옵니다, 전 절대 그런 일을 저지를 놈이 못되옵니다. 그럼, 네 머리에 난 상처는 어찌 된 것이냐? 이, 이건 바위에 부딪쳐서 그만. 그럼 그때 부딪힌 바위에서 찾은 이 곱슬한 머리카락이 네놈 것이 확실하구나. 근데 이걸 어쩐다, 이 고부장한 머리카락이 죽은 여인의 손톱 밑에서도 나왔으니! 그제야 능노군은 목 놓아 울기 시작했다. 나으리, 죽을죄를 지었사옵니다, 용서하여주옵소서. 시끄럽다! 여봐라, 이놈을 옥에 가두고 군법으로 다스리도록 하라.

명은 어린 상주답게 굴건제복하고 오동나무 지팡이를 쥔 채 빈소를 지키고 있었다. 명 옆에는 어린 동생 둘이 쓰러져 잠들어 있었다. 그래, 성복제는 지낸 모양이구나. 수사의 목소리가 나자 명이 자리에서 벌떡 일어났다. 그럼 예를 갖추어야겠지? 수사는 두 번 반 절을 한 후 상주에게도 큰절을 올렸다. 덕분에 원혼이 되어 떠돌 일은 없어졌으니, 어미에게 큰 효도를 했구먼. 이게 모두 나으리 덕분이지요. 아니, 아니,

수사는 고개를 저었다. 그런데 하나만 물어도 되겠느냐? 명이 고개를 끄덕였다. 봉수대에 올라가 불을 피울 생각은 어찌하게 되었느냐? 제 할아버지가 봉군이셨거든요. 그랬구나. 그래 어디서 근무하셨구? 여기 간비오 봉수대에 근무하셨습니다. 그렇구나. 간비오가 큰 나무를 뜻한다더니, 그래 그런지 큰 인물이 났구먼. 수사는 슬며시 미소를 지어 보였다. 그러자 명도 화답하듯 살포시 웃음을 지어 보였다.

갯마을 소묘

일광과
기장 학리 해녀

세월이 무섭다. 이곳 풍광이 이렇게 달라지다니. 항아리처럼 부드러운 해안선은 바라보기만 해도 눈맛이 시원했다. 하지만 백사장 일대를 건물들이 차지하면서 솔수평도 사라졌고 모래펄은 피서객이나 찾는 관광지로 변해버렸다. 사람들이 모여들자 메짠데기 솔숲의 하얀 목화송이 같은 학들도 사라져버렸다. 한때 학들이 모여 장관을 이룬 마을이라고 학리라 하지 않았는가. 하지만 이제 학은 눈을 씻고 찾아봐도 찾을 수가 없었다. 달라진 환경이 새마저도 사라지게 한 모양이었다. 회동댁은 눈길을 들어 올려 하늘 눈치를 보았다. 해가 메짠데기를 지나 달음산 쪽으로 달음박질을 치고 있었다. 꽤나 늦은 셈이다. 집에 들러 장비까지 챙겨 선창으로 나서려면 아무래도 서둘러야 할 듯했다.

이렇게 늦어버린 건 망할 놈의 딸내미 못된 성질머리 탓이다.

도시로 시집 간 막내딸이 돌아온 건 이태 전이었다. 막내는 제 탯줄을 끊은 학리의 집을 두고 바로 옆의 일광해수욕장 앞에 터를 잡았다. 그러고는 살림집이 붙은 가게를 세내어 무슨 커피전문점인가를 열었다. 문제는 혼자서 덜렁 준이 손만 잡은 채 왔다는 거였다. 그러니 에미로서는 돌아온 걸 무조건 반길 수도 없는 상황이었다. 그래도 어쩌겠는가. 짬이 나는 대로 회동댁은 메짠데기를 넘어와 딸내미의 살림이며 손주 준이를 돌봐줄 수밖에. 어제도 마찬가지였다. 물일로 지친 몸이었지만 반찬 서너 가지를 싸서 건너왔다. 그런데 딸내미가 밤이 늦도록 들어올 생각을 않는 거였다. 졸지에 발이 묶이고 말았다. 아침에 눈을 뜨니 얼마나 마셨는지 집 안을 술 냄새로 도배까지 해놓고 거실바닥에 잠들어 있었다. 꼭지가 선 김에 딸을 향해 잔소리를 퍼붓다가 자신도 모르게 김서방이란 단어가 불쑥 입에서 터져 나왔다. 그러자 저도 속에 쌓인 것이 있었는지 준이아빠 얘기를 왜 식전부터 꺼내냐며 맞받아쳤다. 그 바람에 한동안 언성을 높이고 말았던 것이다.

등 뒤에서 빵빵, 소리가 울렸다. 회동댁은 자동차가 지나가도록 길가로 바투 붙어 섰다. 그때 막내딸의 목소리가 귓

등을 때렸다. 조금만 기다리랬더니 그새 가버리면 어떡해요? 몇 발이몬 갈 낀데 뭐하로 기름 닳아감서 차를 타냐? 일없다, 가서 가게 문이나 얼른 열든지. 회동댁은 그렇게 말한 후 멈췄던 걸음을 내디뎠다. 모시러 나왔으니까 얼른 타요, 누가 보면 괜히 나만 욕먹으니까. 깐에는 이혼하고 내려온 게 걸리긴 걸리는 모양이었다. 그런 걸 왜 사위 얘기 꺼냈다고 발광을 부리는지 원. 잘했다고 에미가 박수 치며 응원가라도 불러줄 줄 알았남. 얼른 타요, 나도 바쁘다니까! 딸내미의 새된 목청에 마지못해 그녀는 승용차 속으로 엉덩이를 디밀었다. 차가 다시 출발했다. 제발 엄마도 고집 좀 그만 부리세요. 고집은, 어매가 무씬 고집을 부맀다꼬 그라노? 그놈의 보자기 짓인가 뭔가도 그렇잖아요. 그기라도 안 하몬 할망구가 여서 뭔 할 일이 있다꼬? 그냥 집에서 쉬면 되잖우. 쉬몬 불러서 집안일만 시키묵을라꼬? 누가 맨날 부탁한데? 그냥 바쁠 땐 잠깐씩 와서 손주 좀 챙겨달라는 거지. 니들이 좋아서 내지른 새끼니 니들이 책임져라, 나도 늙어서 왔다갔다 할라쿤께 무르팍 아파서 몬 하것다. 그렇게 아픈 사람이 물일을 어떻게 자꾸 하려고 해요? 물질이랑 애 꽁무니 따라댕기는 게 같냐? 올해까지만 봐줘요, 내년이면 준이도 알아서 할 거야. 회동댁은 못마땅하다는 듯 창밖으로 시선을 내몰았다. 새로 지은 방파제와 등대가 보였다. 잠시 뒤, 할매제당 앞에 차가 멎었다. 회동댁이 차에서 내리자 딸내미는 휑하니 차를 돌려 왔던 길을 되돌아갔다.

물질에 필요한 연장을 챙겨 나오니 일행은 벌써 배에 올라 있었다. 선장 부부도 보였다. 선장네는 물안경 대신 내시경 한다며 걱정스런 표정이더니 다행히 큰 병이 아닌 모양이었다. 회동댁이 나타나자 선장 영감이 나서서 그녀의 장비를 안아 들었다. 끄응, 하는 소리가 영감의 입에서 났다. 역시 세월 앞에 장사가 없는 모양이었다. 한때 영감의 몸피는 천하장사나 마찬가지였다. 지금처럼 뙤약볕이 내리쬐면 그림자 덕을 볼 정도로. 그렇게 덩치가 컸던 양반이 이제 살점을 죄다 세월에 털려 뼈만 남아 있었다. 선장댁은 그녀에겐 형님이기 이전에 스승이었다. 그녀에게 물질을 가르쳐준 제주 출신 상군해녀였으니까. 그러고 보니 이들과 함께 물밑을 헤매기 시작한 것도 어언 50여 년이 가까워지고 있었다. 남편을 잃고 셋이나 되는 아이들 배 곪지 않게 하려고 뛰어든 바다. 그 험한 세월을 어찌 자식들이 알까. 처음 갓난아기인 막내딸을 업고 나타나자 다들 만류했다. 하지만 살기 위해선 어쩔 수 없었다. 배 위에 갓난아기를 뉘어놓고 물질을 한 번 하고 올라와 배 눈치 살피고 다시 또 물속으로 들어가고. 그러다가 아기가 울면 배에 올라 허겁지겁 짜디짠 젖을 물리지 않았던가. 그렇게 애지중지 키운 딸이 고향으로 돌아왔으니 얼마나 반가운가. 한데 마음 놓고 동료들에게 그 얘기조차 꺼낼 수 없으니 답답할 노릇이었다. 회동댁은 바닷물을 마신 듯 입안이 짰다.

배가 선돌배기 근처를 천천히 에돌았다. 회동댁의 눈이 저절로 선돌배기 위쪽으로 향했다. 군복을 입은 군인들과 철망을 둘러쓴 초소가 눈에 띄었다. 군부대가 들어서기 전까지 그녀의 일터였던 곳. 비록 없는 살림이었지만 남편도 살아 있고 몸도 젊으니 가난은 금세 훌훌 털어낼 것 같지 않았던가. 더군다나 근처의 광대바우, 고래암, 굿당개 일대는 미역이 잘도 붙는 명당 곽전(藿田)이었지 않은가. 때가 되면 함께 몰려가 개닦이작업부터 시작해 한겨울 내내 미역을 캤다. 쉬 풀리지 않고 쫄깃쫄깃한 맛을 지닌 덕에 전국적인 유명세를 타 몇 오리로 건조를 해놔도 팔려나가기 바빴다. 힘들었지만 돌이켜보면 그때가 가장 회동댁의 일생에서 행복했던 시절이었다. 더군다나 지금처럼 구역 관리권도 없던 시절이었으니 부지런한 사람이 곧 해산물의 임자였기도 했고. 그런 행복을 앗아간 건 전쟁이었다. 전쟁의 여파가 한갓진 어촌까지 미치리라곤 그 누구도 상상치 못했다. 난데없이 철수 명령이 떨어졌다. 무슨 불발탄 처리장이 들어선다고 했다. 어창을 비우고 할매제당 근처로 몸을 피하긴 했지만 영영 그곳으로 돌아갈 수 없으리라고는 생각지 않았다. 일터가 금단의 지역으로 꽁꽁 묶이자 삶은 점점 팍팍해져갔다. 참다못한 남편은 고깃배를 타기로 결심했다. 그것이 남편의 마지막이었다.

일곱 물. 게다가 날물이 시작됐으니 작업에는 더 이상 좋은 때도 없다. 해녀로 변신한 할망구들이 하나둘 바다로 뛰어들기 시작했다. 회동댁도 늦을세라 테왁을 안은 채 부랴부랴 뒤를 따랐다. 수온이 올랐지만 냉기만큼은 여전했다. 몰려온 차가움에 입안의 틀니마저 드르르 떨리는 기분이었다. 이제 무슨 일이 있어도 다섯 시간 정도는 물속 사정만 살펴야 한다. 하지만 바닷속 사정도 예전 같지가 않았다. 방파제 공사 이후 물빛이 탁해지면서 해산물도 현격하게 줄어들었기 때문이다. 해녀들은 더 부지런을 떨지 않을 수 없었다. 그런 터에 같이 내려가도 배 위로 올라올 땐 망사리가 천층만층 구만 층이었다. 회동댁은 자리를 잡은 후 테왁의 고정줄을 내렸다. 그런 다음 깊이 숨을 들이마신 후 물속으로 자맥질을 시도했다. 첫 잠수는 빈손이었다. 나이 탓에 수심이 낮은 곳을 택했더니 그 흔한 보라성게 한 마리도 눈에 걸리지 않았다. 주위를 둘러보았다. 난바다 쪽에서 숨비소리가 터져 나오고 있었다. 선장네는 운 좋게 문어까지 잡아 올렸고 다른 일행도 열심히 망사리를 더듬는 중이었다. 조바심이 났다. 무리겠지만 회동댁도 덩달아 깊은 쪽으로 향해야 할 듯싶었다. 난바다 쪽으로 헤엄친 후 고정줄을 다시 내렸다. 물안경으로 바닷속을 살피니 컴컴한 게 수심이 얼추 십오 미터는 넘어 보였다. 젊은 시절에는 이 정도의 깊이는 약과였다. 하지만 이제 이런 깊이마저도 힘겨웠다. 회동댁은 숨을 몰아쉰 후 물속으로 잠수를 시도했다. 오리발을 놀리며 들어가면 들어갈수록 바다가 벽 같았다. 그 바람에 몇 번이고 바닥에 닿지도 못하고 도로 수면 위로 올라와야 했다. 그렇다고 이대로 포기할 순 없었다. 회동댁은 숨을 고른 후 납덩이를 하나 더 찼다. 그러고는 다시 자맥질을 시도했다. 잠시 뒤 잘피가 자라는 바닥이 눈을 파고들었다. 서둘러 주위를 두리번거렸다. 그때 암벽에 붙어 있는 돌멍게 군락이 눈에 띄었다. 요놈들을 만나려고 이런 고생을 했나 싶은 게 저절로 미소가 퍼졌다. 회동댁은 압박해오는 숨을 참으며 헤엄을 쳐서 멍게를 캐기 시작했다. 두 마리를 캐고 세 마리를 캐려는 순간 몸이 뻣뻣해지는 고통이 밀려왔다. 자신도 모르게 으윽, 하는 소리가 터졌고 그만 입이 벌어지고 말았다.

정신을 차렸을 때에는 배 위였다. 바닷물을 제법 마셨는지 입안이 짰다. 하따, 인자 정신이 드는 모양이네? 돌아보니 선장 영감이었다. 내가 와 여게 누버 있는교? 임자가 하는 짓이 불안해서 지켜봤더니 아니나 다를까 사고가 났지 뭐유. 내가요? 믿을 수 없었다. 평생을 하던 물질에서 사고를 당하다니. 하마터면 초상 치를 뻔했구먼. 안 그래도 꿈속 할배제당 위짬에서 여우가 울어 찜찜했었는데, 원. 고작 쥐 난 것 갖고 초상은 무씬. 회동댁은 부러 딴청을 부렸다. 하지만 대대로 내려오는 얘기를 무시할 수는 없었다. 여우가 할매제당 쪽에서 울면 풍어요, 할배제당 쪽에서 울면 마을에 초상이 난다는 얘기를. 회동댁은 영감의 꿈이 거짓임을 일러주고 싶어 연장을 챙기기 시작했다. 그러자 영감이 재빨리 손을 휘젓고 나섰다. 오늘은 그냥 쉬소, 인자 돌아갈 때도 됐으이. 그러고 보니 정신을 잃고 제법 누워 있었던 모양이었다. 어느새 해가 달음산 꼭대기에 걸려 있었다. 그래도 그렇지 잡은 것도 없는데 맨손으로 어찌 가우? 잡은 것이 없다이, 이거는 뭐우? 영감이 건네는 건 분명 그녀가 캔 돌멍게였다. 할망구가 정신을 잃고서도 요것만큼은 손에 꼭 쥐고 있더만. 내가 그랬단 말인가. 영감의 말을 듣고도 믿어지지 않았다. 암튼, 귀한 거니까 요건 넘기지 말고 집에 갖고 가슈. 선장은 그렇게 말한 후 바다 쪽으로 눈길을 돌렸다. 그러고는 목에 걸고 있던 호루라기를 불었다. 그러자 숨비소리를 내던 해녀들이 하나둘 배로 돌아오기 시작했다.

사지가 물 간 문어마냥 늘어지는 게 얼른 집에 가서 눕고 싶었다. 대문 앞에 다다랐을 때였다. 웬 꼬마가 쪼그리고 앉아 있는 게 눈에 띄었다. 이기 누고? 준이 아이가? 어, 할머니! 준이는 몹시 애타게 기다렸다는 듯이 쪼르르 달려왔다. 하이고, 우리 이쁜 강아지. 할매집에 왔으몬 집에서 기달리제와 밖에 나와 있노? 집에서 기다리다가 심심해서. 손자와 함께 방으로 들어서자 어째 분위기가 묘하다 싶었다. 준아, 어매는? 엄마는 오늘 도자기 구우러 간댔어. 속에서 절로 욕지기가 일었다. 그놈의 커피전문점인가 하는 가게를 알바생인가에게 맡기고 싸돌아다닐 생각만 하다니, 쯧쯧. 그런다고 제 삶이 여물어지기나 할까 봐서? 하긴 김서방 처음 봤을 때부터 물러터진 게 영 마뜩잖긴 했다. 그러더니 결국 벌인 사업이 동티가 났다. 그래, 요즘 엄마 가게 장사는 어떻다더노? 어제 그대로래. 그라만 어제는 얼마나 벌었는데? 그제랑 같대. 괜한 걸 물었다 싶었다. 주인이 밖으로 나도니 매상이 오를 리 있을까. 아이 심심할까 싶어 티브이를 켜고 회동댁은 얼른 주방으로 향했다. 주린 배라도 채워주는 게 도리인 듯해서였다. 할머니, 근데 그게 뭐야? 티브이 앞에 앉아 있던 녀석이 쪼르르 달려와 물었다. 이거? 돌멍기지. 돌멍기? 아 참, 돌멍게라고 그래야 알아듣제. 준이 니, 아나? 뭘 말이야? 글쎄 이놈은 말이다, 절대 혼자 안 산다. 그러면 어떻게 사는데? 요것들은 가파른 암벽이라도 옹기종기 제 핏줄끼리 모여 안 사나. 준이가 그제야 알겠다는 듯 고개를 끄덕여 보였다. 회동댁은 서둘러 돌멍게를 장만하기 시작했다. 딸내미와 함께라면 더 좋을 텐데 하는 생각이 얼핏 들었다. 하지만 아이까지 맡기고 나갔다니 이 시각에 찾아올 리 만무했다. 그때, 대문 앞에서 다급한 발자국 소리가 났다. 무슨 일인가 싶어 바깥동정을 살피니 막내딸이 붉은 눈을 하고는 허겁지겁 달려오는 게 아닌가. 야가 이 시각에 뭔 일로 이리 급하게 달려오고 이라노? 엄마, 엄마! 괜찮은 거야? 난데없이 그기 뭔 소리고? 소식 듣고 왔단 말이야, 사고 났다며? 사고는 무씬. 회동댁이 얼른 말끝을 얼버무렸다. 정말 괜찮아? 나 엄마 못 보는 줄 알고 얼마나 놀랐다구, 흐흑! 막내딸은 꼭꼭 싸맨 울음을 기어이 회동댁의 치마폭에 풀어놓고 말았다. 회동댁은 그 모습이 그다지 싫지 않았다.

뭐뭐

우암동
소막 이야기

무작정 걸었다. 걷다 보니 목이 말랐고, 콜라 생각이 났다. 아버진 왜 캔에 든 콜라만 마시세요? 언젠가 아버지에게 물은 적이 있다. 그건 묘한 스릴 때문이지, 뚜껑 손잡이를 잡고 힘을 가하는 순간 딱, 소리와 함께 터져 나오는 쏴아, 하는 소리는 마치 온몸을 바위에 퍽, 하고 부딪히는 느낌이랄까. 뭐 하여튼 죽여주는 맛이지. 아버지의 이 엉뚱한 대답이 나를 콜라의 맛에 빠지게 했다. 그러니 아버지는 내게 몹쓸 버릇 하나를 심어주고 떠난 셈이다. 바보같이 운전도 제대로 못하면서.

집 앞에 다다랐을 때에야 빈 캔이 여전히 손에 쥐어져 있는 걸 알았다. 요즘 따라 나마저 제정신이 아니군. 깡통을 발 앞에 던졌다. 이제 잠시 뒤면 깡, 하는 소리가 날 것이고 통, 하고 떨어지는 소리가 이어질 터였다. 깡, 그리고 통! 그래서 아마 깡통이라 불리게 됐는지 모른다. 한데 발로 차자 깡, 소리는 났는데 통, 소리가 나지 않았다. 대신 아얏! 하는 비명이 들렸다. 나는 재빨리 소리가 난 쪽으로 고개를 돌렸다. 한데 거기엔 사람은커녕 그림자조차 없었다. 고개를 갸웃하며 애꿎은 귓구멍에 손가락 저주를 가한 뒤 돌아서려 했다. 그때였다. 이런 몹쓸 놈을 봤나, 어른을 치고 도망가다니! 소리가 난 건 캔이 부딪힌 벽이었다. 하지만 벽에는 출입문도, 벌어진 틈도 하나 없었다. 그런데 어느 순간 얼룩 같은 것이 생겨나더니 점점 범위를 넓혀갔다. 내 입에서 어어, 소리가 터졌다.

하, 할아버진 누, 누구세요? 예끼, 요 녀석! 어른을 때렸으면 사과부터 해야지, 누구라니! 할아버지는 내 머리통에 알밤이라도 박을 듯이 노려보며 호통을 쳤다. 그 바람에 난 얼떨결에 사과를 하지 않을 수 없었다. 그러자 할아버지도 화가 풀리는지 천천히 이마를 쓰다듬었다. 난 그런 할아버지만 지켜보고 이러지도 저러지도 못하고 서 있었다. 그나저나 여기가 우암포가 맞긴 맞냐? 그때 할아버지가 입을 열었다. 우암포가 아니라 우암동인데요. 그럼 제대로 찾아왔구먼. 할아버지, 혹시 여기 안 사세요? 옛날에 살았지. 우암동에요? 아니, 우암포에. 이상한 할아버지였다. 언제 사셨는데요? 백 년

전에. 그 순간 나는 할아버지가 확실히 맛이 간 노인이라고 단정 짓고 말았다. 할아버지 연세는 정확히 기억하고 계신 거죠? 요 녀석, 내가 노망이라도 든 줄 아나 보네. 그럼 정확히 말해보세요. 정확히 말해주마, 백하나닷! 뻥치지 마세요, 백한 살이나 되는 노인이 어떻게 살아 있어요? 여기 있지, 왜 없어? 아무리 평균수명이 연장되었다고 하더라도 투미한 눈이 아닌 총총하게 빛나는 눈동자를 간직한 백 년을 넘긴 노인이 버젓이 살아 있다니. 그 말을 믿을 수 없었다. 그래서 재차 물었을 것이다. 그럼 혹시 사는 곳이 어디세요? 여기지, 소바우 아래. 소바위는 내 평생 13년에 걸쳐 듣도 보도 못한 바위였다.

내가 묘한 표정을 지어서일까. 너, 잠깐 눈 좀 감아봐라. 왜요? 잠깐이면 돼. 황당한 요구였지만 속는 셈 치고 일단 눈을 감기로 했다. 내가 눈을 감자 할아버지는 '레드선' 비슷한 주문을 웅얼거리기 시작했다. 자, 이제 눈을 떠봐. 눈을 떴을 때, 사방은 안개에 뒤덮인 듯 흐릿했다. 할아버지, 지금 무슨 짓을 한 거예요? 쉿, 할아버지가 말했다. 눈앞의 안개가 서서히 걷히는 듯싶더니 성당 건물이며 바닷가에 위치한 부두 건물들도 사라지고 오래된 어촌 풍경이 나타났다. 우와, 할아버지 여기가 대체 어디에요? 여기가 어디긴, 여기가 여기지. 발아래엔 초록 보리밭이 펼쳐져 있고 아늑한 바닷가에는 작은 목선들이 떠 있었다. 고개를 옆으로 돌려봐. 할아버지의 말을 따라 고개를 돌리니 정말 쇠로 만든 소 같은 바위가 언덕배기에 놓여 있었다. 저게 소바위, 우암이란다. 그래서 알았다, 이곳이 왜 우암동이란 지명이 붙었는지를. 근데 할아버지, 저 바위는 어디 갔어요? 그야 일본 놈들이 박살내버렸지, 바다 메운다고. 바다를 메워요? 바다 쪽을 보거라. 그곳에는 특이하게 생긴 집이며 철선들이 정박하고 있었다. 어, 저건 또 뭐예요? 일본 놈들이 세운 검역소와 소막이란다. 소막요? 일본 놈들이 소를 자기 나라로 싣고 가기 위해 잠시 매어놓던 외양간인 셈이지. 그렇담 이곳은 소와 떼려야 뗄 수 없는 곳이네요. 그렇지, 그런 흔적이 아직 많이 남아 있더구나. 그제야 세모꼴의 특이한 건물이 있는 이유를 알 것 같았다. 그때였다. 철우야, 하는 어머니의 목소리가 들렸다. 네, 지금 들어가요! 대답을 하고 돌아보니 눈앞의 초가집과 소막이 사라지고 원래 풍경으로 되돌아와 있었다. 할아버지는 그새 온데간데없이 사라지고 없었다.

저녁을 먹고 나니 그 괴상한 할아버지가 생각났다. 내가 아무래도 헛것을 본 것 같았다. 해서 부러 할아버지가 있던 곳으로 나섰다. 하지만 벽 앞을 몇 번을 두리번거리며 찾아도 할아버지는 보이지 않았다. 그럼 그렇지, 내가 귀신을 본 게 분명해. 집으로 들어갈까 하다가 운동장으로 몸을 틀었다. 집으로 돌아가 봤자 어머니의 늘어진 어깨만 지켜봐야 했으니까. 운동장으로 들어서니 저절로 철봉대 쪽으로 눈길이 갔다. 아버지가 철봉에 매달려 있을 것만 같았다. 언젠가 물었다. 아버지는 매달리는 것보다 오래달리기가 건강에 좋다는 거 모르세요? 난 이게 좋다, 오래 사는 것보단. 그렇게 철봉에 매달리던 아버지가 철봉을 떠난 적이 있었다. 그래서 물었다. 요즘은 왜 철봉에 오래 매달리기 하지 않으세요? 그럴 필요가 없어졌으니깐. 그땐 몰랐다. 아버지가 직장에서 잘렸다는 것을. 회사에서 휘두른 구조조정의 칼날이 아버지의 옆구리를 찔러 집구석에 주저앉힌 셈이었다. 하지만 그건 잠깐이었다. 아버지는 다시 일어섰다. 비록 오토바이 택배였지만 일을 할 수 있다는 것에 만족해했다. 아버지는 다시 철봉에 매달리기 시작했다. 그런 어느 날이었을 것이다. 곱게 단풍이 들자 너도나도 나들이였다. 아버지를 졸랐다. 그래? 그럼 얼른 타라. 아버지는 택배 일을 다른 직원에게 부탁한 뒤 나를 오토바이 뒤에 태웠다. 손님, 어디까지 배달 갈까요? 땅끝까지요! 알겠습니다! 농담을 주고받으며 달린 것, 그것이 아버지와의 마지막이 될 줄이야.

벤치 앞 모래흙에서 이상한 소리가 났다. 귀를 기울였다. 마치 뭐뭐, 하는 게 꼭 낮게 우는 소 울음 같았다. 다시 한 번 내 귀를 후벼 파는 저주를 감행했다. 한데 그 소리는 멈추지 않고 들려왔다. 호기심을 참지 못한 나는 조심스레 흙을 걷어내기 시작했다. 오마이갓! 거기 백하나 할아버지가 드러누워 있을 줄이야. 그러니까 뭐뭐, 소리는 할아버지의 코 고는 소리였던 것이다. 할아버지! 내가 할아버지를 향해 소리쳤다. 이 녀석, 귀청 떨어지겠다, 소리 좀 작작 질러라. 아니 왜, 여기 누워 있어요? 내가 어디에 누워 있든 뭔 상관이냐? 할아버지가 정신 나간 노숙자란 걸 몰라봤던 것일까. 잠시 머릿속이 뒤숭숭했다. 노숙자라도 그렇지, 어떻게 이 추운 날씨에 모래를 이불 삼아 잠들다니. 누워 있던 할아버지가 끄응, 하는 소리를 내며 상체를 일으켰다. 그러더니 내 곁에 와서 앉았다. 근데 넌 왜 그리 똥 씹은 표정만 하고 다니냐? 할아버지가 뭔 상관이에요! 상관있으니깐 묻는 거지. 무슨 상관요? 네놈이 우리 집에 살고 있으니까. 할아버지 댁이라구요? 응, 옛날에.

백하나 또라이 할아버지의 옛날 타령은 여기서 끝이 아니었다. 할아버지의 말을 요약하자면 이렇다. 자신은 저승길을 잃고 헤매는 중이었다. 그런데 우여곡절 끝에 입구를 발견했고 막상 들어가려니 망설여지더란다. 그래서 마지막으로 고향이나 둘러보고 싶어 온 거라고 했다. 그러니까 결론적으로 말해 나와 할아버지는 같은 곳에 사니까 상관이 있다는 얘기였다. 거짓말치고는 썩 괜찮은 거짓말이었다. 그래서 물었을 것이다. 할아버진 왜 고향을 둘러보고 싶었어요? 그러자 할아버지가 말했다. 아들이 보고 싶었으니까. 아들요? 응, 하며 할아버지가 고개를 주억였다. 아들이 왜 보고 싶은 거예요? 나보다 일찍 죽었으니까. 할아버지는 그 말을 끝으로 입을 닫았다. 그리고 한동안 고개를 꺾고 있더니 사연을 길게 풀어놓기 시작했다.

우리 가족은 가난했지만 행복했단다. 물때 맞춰 바다로 나가고 계절에 맞춰 소를 부려 농사를 지었어. 그런 어느 날, 일본인들이 몰려와 소막을 세우더구나. 그러거나 말거나 우리는 상관하지 않았단다. 해를 끼치지 않으면 그뿐이라고 생각했거든. 어느 봄날이었단다. 언덕배기에서 풀을 뜯던 소가 없어졌어. 한밤중이 될 때까지 소를 찾았지만 찾을 수가 없었지. 근데 어떤 양반이 비표도 없는 소가 일본인이 지은 소막에 묶여 있더라는 거야. 우리는 놀라 기겁을 했단다. 당장 찾아가지 않으면 놈들이 배에 싣고 가버릴까 싶어서 말이야. 넌 이해하지 못하겠지만 당시 소는 우리 가족에겐 전 재산이나 다름없었단다. 게다가 한 식구이기도 했고. 그래서 예부터 소를 '생구'라고 불렀던 거지. 근데 세상에, 단걸음에 달려갔더니 놈들이 비표를 붙여놓고 생떼를 부리는 게 아니야. 뿔이 하트 모양으로 생긴 게 우리 소가 분명하다고, 판 적이 없다고 해도 막무가내였어. 그 바람에 허탈하게 돌아오지 않을 수 없었단다. 그런데 다음 날 새벽이었을 거다. 아들 녀석이 소를 찾아오겠다는 거야. 너랑 똑같은 나이의 어린 녀석이 말이다. 그때 말렸어야 했는데, 어휴. 길게 읊조리던 할아버지가 탄식을 내몰았다. 그러더니 이내 말을 이어갔다. 찾아간 아들한테도 우격다짐을 하자 아들이 화가 치민 모양이야. 사고를 쳤군요. 그래, 우리 소인 걸 증명한다면서 자기 배를 찔러버렸단다. 미리 준비해 간 부엌칼로. 그래서 즉사했나요? 응, 여기 이 자리에서. 그럼 여기가? 할아버지가 말없이 고개를 끄덕였다. 그럼 소는 어떻게 됐나요? 되찾았지, 녀석의 희생 덕분에. 따지고 보면, 할아버지의 말은 계속되었다. 녀석이 소만 살린 게 아니라 우리 가족까지 모두 살린 셈이란다. 나는 잠시 할 말을 잊었다.

할아버지는 아들 생각을 하는 듯 무연한 눈길만 바다 쪽으로 보내고 있었다. 할아버지, 제가 부탁 하나만 해도 될까요? 내가 입을 열자 할아버지가 나를 향해 고개를 돌렸다. 무슨 부탁을 하려구? 우리 아버지 한 번만 만나게 해주세요. 그건 곤란하다. 왜요? 할아버진 그런 능력이 있잖아요. 네 마음을 안다, 하지만 그것만은 곤란하단다. 아버지한테 꼭 묻고 싶은 게 있어서 그런단 말예요. 그날 사건에 대해서 말이냐? 이번에는 내가 고개를 끄덕여 보였다. 할아버지가 입을 연다. 그건 네 아비가 택할 수 있던 최선이었단다. 그게 무슨 말이에요? 그래야만 널 살릴 수 있었으니까. 난 그날의 장면을 생생하게 기억한다. 뒷자리에 탄 나는 야호 소리를 내지르며 온몸으로 속도감을 즐기고 있었다. 그때 느닷없이 중앙선을 침범한 트레일러가 우리를 향해 달려왔다. 그걸 눈치 챈 아버지는 당황한 채, 꽉 잡아! 하고 소리쳤다. 그리고 이어진 퍽.

내가 정신을 차렸을 때에는 이미 아버지는 이 세상 사람이 아니었다. 그런데 할아버지의 말에 따르면, 아버지가 나를 살리기 위해 일부러 트레일러와 정면으로 충돌했다는 거였다. 아버지의 몸이 모든 충격을 흡수할 수 있도록. 그 길만이 아들을 살릴 수 있는 유일한 방법이었다면서. 괴짜 할아버지의 말이 나를 울렸다. 눈물이 끝없이 흘러내렸다. 왜 나는 그 사실을 모르고 아버지를 바보라고 했는지 후회스러웠다. 그렇게 한동안 펑펑 울다가 옆을 봤을 때, 할아버지는 보이지 않았다. 대신 곁에 있는 건 어머니였다.

어, 엄마! 저 사실은 고백할…. 어머니는 울먹이는 내 어깨를 어루만지며 말했다. 알고 있어, 네 마음을. 엄마, 죄송해요! 죄송할 필요가 없다, 외려 아버지한테 고마워해야지. 어머니는 얼룩진 나의 눈을 부드러운 손으로 닦아주었다. 그리곤 내게 속삭였다. 우리, 아빠가 좋아하던 곰장어 먹으러 갈래? 밥맛이고 입맛이고 아무것도 없다던 어머니였기에 내 눈이 저절로 커졌다. 곰장어는 말이다, 하면서 엄마가 아버지의 말투를 따라 했다. 기다렸다는 듯이 내가 말을 이었다. 껍질을 벗겨놔도 아주 오래오래 버티거든! 그러자 어머니가 어둠 속에서 환하게 웃었다.

저기 둥둥
떠 있던

용호동 신선대

창우는 술잔을 내려놓자마자 마늘 한 쪽을 집었다. 아그작, 입에서 마늘 으깨지는 소리가 났고 알싸한 향이 입안을 채웠다. 안줏거리로 요놈의 통마늘을 씹어댄 것이 얼마였던가. 사당패의 일원이 되어 곰춤을 추기 시작한 때부터였던가. 곰의 탈을 쓰면 이상하게 마늘 생각이 났다. 마늘을 먹으면 사람들의 조롱을 참을 수 있었다. 사실 그는 다른 광대와 달리 특출한 재주가 없었다. 그랬기에 탈을 둘러쓰고 구경꾼을 불러 모으는 바람잡이 역할을 맡지 않을 수 없었다. 그래도 사람들은 그의 춤을 보며 킬킬거렸다. 사람들의 가슴속에 감춰둔 은밀한 욕망을 자극하는 묘한 춤사위. 마치 발정을 참지 못해 기둥을 붙잡고 엉덩이를 씰룩거리는 행동을 보면서 어떤 이는 슬쩍 다가와 아랫도리를 비벼대곤 했다. 역겨웠지만 그는 그런 비역질을 참아낼 수밖에 없었다. 돈이 사람의 중심을 차지한 지 오래였으므로. 돈만 있다면 양반의 족보도 살 수 있었고 떠도는 생활의 종지부도 찍을 수 있었다.

면천! 그건 창우의 유일한 삶의 목표였다. 마늘을 수없이 삼키며 참았지만 면천의 기회는 좀처럼 오지 않았다. 돈이 모이기는커녕 하루하루 연명하기에 바빴다. 그는 그제야 알았다. 곰의 탈은 벗고 싶어도 벗을 수 없는 운명의 굴레임을. 어쩌면 사월이는 먼저 알았을 것이다. 그랬기에 푼돈에도 양반들 앞에서 쉬 가랑이를 벌렸을 것이다. 하지만 그때 그는 그런 사실을 모른 채 그녀를 나무랐다. 흥, 밑구멍이 중요해? 입구멍이 중요해? 그녀의 말에 더 이상 대꾸할 수 없었다. 아랫도리로 양반 물건을 넣지 않으면 입으로 들어오는 게 없다는 걸 안 다음이니까. 그래서 더더욱 사월이에게 마음이 쏠렸는지 모른다. 하지만 그녀는 되레 표독스럽게 굴기만 했다. 천한 년에게 마음 주면 천한 삶을 살 수밖에 없다는 듯이. 그렇게 자신의 운명을 저주하던 사월이. 그 원망의 독주가 사월이의 목숨을 앞당기게 했을까. 이름처럼, 꽃 피는 사월에 그녀는 훌쩍 다른 세상으로 갔다. 제 붉은 살점, 단점이만 남긴 채.

사월이 없는 곳에 더 이상 머물 이유가 없었다. 창우는 짐보따리를 쌌다. 왜관이 있는 부산포. 그곳에 가면 왜인뿐만 아니라 청인, 심지어 산둥의 한인까지 드나든다는 사실을 귀동냥으로 들어 알고 있었다. 그래서 망설일 필요조차 없었다. 그는 상상하곤 했다. 배를 타고 면천이 필요 없는 곳으로 향하는 그의 모습을. 단지 사월이 때문에 지금껏 망설이고 있었을 뿐이었다. 이제 사월이도 없으니 사당패에 미련조차 없었다. 하지만 단점이를 보는 순간 머뭇거리지 않을 수 없었다. 깊은 잠에 빠져 있던 단점이가 어느새 깨어나 두 눈을 글썽이고 앉아 있었던 것이다. 자다가 깼는데도 해맑게 빛나는 눈. 그 눈을 보자 도저히 혼자 내뺄 수가 없었다. 갈 거면 퍼뜩 일어서라. 어린 여식을 대동했으니 발걸음이 느리지 않을 수 없었다. 제 스스로 자처한 일이니 어쩔 수 없는 일이기는 했다. 그렇다고 불만이 없을 리 없었다. 그럴 때마다 창우는 부러 고개를 들어 하늘의 붉은 해를 쳐다보았다. 그리곤 사월의 마지막 말을 떠올렸다. 단점이를 부탁해, 그 애가 곧 나니까.

부산포는 멀었다. 길을 가는 중간중간에 숙식까지 해결해야만 했다. 자연 남의 집 품앗이를 거들지 않을 수 없었다. 그 와중에도 단점이는 차근차근 제 뼈를 키워갔다. 덩달아 젖가슴과 엉덩이도 커졌다. 왜관 문턱에 닿았을 때에는 처녀

티가 물씬 풍길 정도였다. 왜관 건물은 웅장했다. 마치 낯선 세상에 온 듯했다. 하지만 이국인은커녕 그 많다던 왜인들은 쉬 보기 힘들었다. 왜관은 또 다른 금단의 공간이었다. 그렇다고 그냥 돌아설 수는 없었다. 한창 뼈를 키우는 단점이의 주린 배부터 챙겨야 했다. 제 이마의 붉은 점이 지울 수 없는 화인이란 걸 깨닫기 전에. 그는 꼭꼭 동여맨 탈을 다시 꺼내지 않을 수 없었다. 곰춤을 구경하는 이는 드물었다. 흥이 없으니 춤을 출수록 서러워졌다. 쪼그리고 앉은 단점이를 봤다. 한데 단점이의 입이 한껏 부풀어 있는 게 아닌가. 저 하얀 주먹밥을 누가 준 것일까. 놀란 눈을 했을 때, 곁에 선 사내 하나가 그를 향해 웃었다. 이름이 풍이라고 했다.

차라리 그때, 풍의 눈에 깃든 바람을 보았더라면 어찌 되었을까. 단점이의 운명이 바뀌었을까. 창우는 홰홰 고개를 저었다. 어쩌면 이것 또한 운명일지 몰랐다. 바람을 닮은 녀석. 녀석의 몸속에 든 바람 또한 이 땅이 만들어낸 것, 그걸 어찌 막는단 말인가. 바람을 눌러 죽이는 방법은 없다. 저절로 제 속에서 불어오는 바람을 막았다간 되레 불길을 일으켜 제 생명을 앗아갈 수 있을 터. 바람은 흐르는 대로 두어야 한다. 그래야 산다. 어쩌면 단점이야말로 바람 없이는 날아오를 수 없는 방패연이 아니겠는가. 그러니 둘이서 저리 어울려 산이며 바다를 헤맬 수밖에. 단점이에겐 열고 보나 닫고 보나 풍은 과분한 남자였다. 더군다나 풍이야말로 제 배를 몰며 면천할 필요조차 없는 평민이니까. 하지만 짝을 이루기에는 넘어야 할 산이 많았다. 그게 창우의 마음을 괴롭혔다. 그의 나이도 이제 쉰이 넘었다. 그러니 떠나보내야 한다. 그는 다시 마늘 한 쪽을 입에 넣고 짓씹었다. 바닷바람이 마늘보다 먼저 독한 냄새를 풍기며 달려왔다. 가을이 오긴 오는 모양이었다.

*

아야, 단점이의 입에서 새된 소리가 터졌다. 젖가슴을 움켜쥐고 있던 풍이의 손길이 멈칫했다. 그렇게 세게 만지면 어떡해, 아프단 말야. 단점이가 홍조 띤 얼굴로 샐쭉거렸다. 콧소리가 진득하게 배인 것이 그다지 싫지 않은 눈치였다. 그런 단점이의 교태가 외려 풍의 아랫도리로 피를 쏠리게 했다. 너, 잠깐만 뒤로 엎드려봐. 아이, 왜 이래? 여기선 싫어. 잠깐이면 돼, 어서. 누가 오면 어쩌려구? 이 늦은 시각에 누가 여기까지 와. 말이 끝나기 무섭게 풍이는 얼른 단점이를 돌려세웠다. 눈 아래로 펼쳐진 바다는 호수처럼 고요했다. 멀리 왜관과 해안을 따라 흩어진 마을에서도 하나둘 불빛들이 살아나고 있었다.

너, 설마 왜놈한테 꼬리친 건 아니지? 기어이 풍이의 입에서 볼멘소리가 터졌다. 단점이가 왜관 앞, 조시(朝市)에 다녀온 것이 화근이었다. 마을 사람들은 왜관이란 존재를 무시할 수 없었다. 교역을 위해 장기 거주하는 왜인들도 먹어야 하므로 생필품 구입은 필수였다. 그러니 이른 아침이면 왜관의 입구에 시장이 생겨날 수밖에. 한데 언제부터인가 왜놈들은 제 은근한 속내를 얼비치기 시작했다. 남자의 물건이 아니라 아낙의 물건만 족족 구입했던 것이다. 풍도 바보가 아닌 이상 그런 사실을 모를 리 없었다. 생선은 팔아야 했고 그에게 가족은 없었다. 어머니는 그를 낳다가 생목숨을 잃었다. 홀아비가 된 아버지가 동냥젖으로 그를 키우다시피 했다. 하지만 아버지마저 도지도 내지 않고 양반 땅을 경작했다고 관가로 끌려가 태질을 당한 후 시름시름 앓다가 어머니를 따랐다. 사람들은 혀끝을 찼다. 쓸모없는 땅이라고 맘대로 하라고 할 땐 언제고 공들여 개간하고 나니 빼앗아 간다고. 아버지의 죽음보다 더 서러운 건 그런 더러운 양반들이 설치는 세상이었다. 그는 도저히 웃을 수 없었다. 그가 다시 웃게 된 건 곰춤 덕이었다. 양반을 보고도 대놓고 겁 없이 달려가 엉덩이를 씰룩대던 춤. 관아의 기둥을 붙잡고 희롱을 해대는 사설에 그만 파안대소하고 말았던 것이다. 웃음에 대한 보답으로 그는 두 사람을 자신의 낡은 아래채로 이끌었다. 그게 벌써 오 년 전의 이야기였다. 오늘따라 생선 파는 아낙이 웬만해야지. 단점이가 반달눈을 만들며 입을 열었다. 그래서 해가 저물도록 거기 있었냐? 그럼, 어떡해? 팔지 않고 그냥 돌아와? 안 팔리면 먹어치우면 되지 뭐. 그럼 쌀보리는 어떻게 사? 에이, 제기랄. 풍은 벌떡 상체를 일으키고 말았다. 양반 꼬라지만 봐도 속 뒤집히는 판에 왜놈 눈치까지 봐가며 살아야 하다니. 안 그래도 생선 배만 따며 사는 것이 답답해 미칠 판인데. 그는 테액, 하고 가래침을 돋우어 뱉었다. 그런 풍의 속내를 안 것일까. 단점이가 엉뚱한 화제를 들고 나온다. 오라베를 알다가도 모르겠어. 뭐를? 무슨 생각을 하고 사는지, 내 생각은 하기나 하는지. 생각이 너무 많아서 이 오라베가 탈이다. 그래서 여기만 맨날 올라오는 거야, 그럼? 어느새 하늘에도 별들이 총총하게 얼굴을 디밀고 있었다. 여기오면 답답한 속이나마 조금은 달랠 수 있거든. 저기 저 까치섬과 절영도만 봐도 한 걸음을 훌쩍 뛰어넘고 싶은 마음이 들 정도로. 에게게, 신선 같은 말씀 하고 계시네. 어찌 아냐, 신선 발자국을 밟고 있으면 신선이 될지. 근데 신선이 탔다던 말 발자국이 진짜 있긴 있어? 궁금하면 찾아봐, 말발굽처럼 생긴 무제등이란 바위가 있긴 있으니까. 말을 끝낸 풍이 먼저 엉덩이를 들었다. 서둘러 내려가지 않으면 길을 헤맬지도 몰랐다. 삭망이 가까워졌으니 달빛은 기대하기 힘든 밤이었다. 풍이 성큼성큼 산을 내려가자 단점이가 뒤에서 소리쳤다. 혼자 가면 어떡해, 같이 가!

*

오라베, 얼른 나와봐! 꼭두새벽부터 단점이가 마당가에서 소리쳤다. 풍은 누운 채 꼼짝하지 않았다. 필시 그를 일찍 깨워 바다로 물일을 나가게 하려는 수작이겠거니 했던 것이다. 이상한 배가 떠 있다니까, 빨리 좀 나와보라구! 단점이가 다시 방을 향해 소리쳤다. 풍은 이불을 바짝 끌어당겨 얼굴을 덮었다. 근래 들어 만사가 귀찮았다. 그런 심드렁한 마음 탓일까. 잠자리에 누웠지만 머릿속은 뒤숭숭했다. 그 바람에 잠을 설쳤다. 그는 부러 코 고는 소리를 냈다. 단점이의 채근이 시들해지기를 바라면서. 한데 그때 창우의 말이 뒤를 이었다. 허허, 이거 구봉에서 봉화가 오를 일이구먼! 봉화란 말에 그는 눈을 화들짝 뜨지 않을 수 없었다. 봉화라니? 그럼 어디 전쟁이라도 났단 말인가. 짚신도 챙겨 신지 않은 채 마당으로 달려 나왔다. 사실이었다. 여태 듣도 보도 못한 모양의 낯선 배가 떠 있었던 것이다. 지금까지 봐왔던 배가 아니었다. 그는 눈을 비빈 다음 다시 배를 살폈다. 규모도 컸고 모양도 특이했다. 저게 어디서 왔죠? 풍이 창우에게 다가가 물었다. 글쎄, 왜선도 청선도 아니고 그렇다고 거북선도 아니니 나도 궁금할 따름이네. 근데 도대체 저 배가 언제부터 와 있었죠? 허허, 그걸 알면 내가 일찌감치 돗자리를 깔았지, 여기 있겠나. 그때, 풍의 뇌리에 뭔가 스쳤다. 혹시 신선이 타고 온 배가 아닐까요? 허어, 이 사람. 신선이 학이나 말을 탄다는 말은 들었어도 배를 타고 돌아다닌다는 말은 금시초문이네. 아저씨가 듣지 못했을 뿐이겠죠. 신선은 있대도 그 양반들이 아주 깊은 산속에 은둔하지, 비린내 나는 여기까지 찾아올 리 있겠나? 그럴 수도 있죠. 어찌 알아요, 여기 신선대에서 신선이 되었다는 최치원 선생이 다시 찾아왔는지? 난 신선 같은 건 믿지 않네. 그럼, 제가 눈으로 직접 확인할 수밖에요. 그는 호기롭게 바닷가로 몸을 틀었다. 이보게, 풍이. 너무 가까이는 가지 말게. 창우가 풍의 등 뒤에서 소리쳤다.

바다는 아직 해무를 덮고 누워 깊은 잠에 빠져 있었다. 풍은 배의 고삐를 풀어 바다로 향했다. 노를 저어 나아갈수록 바다 위에 떠 있는 배의 형체는 뚜렷해졌다. 생각보다 배의 크기가 엄청났다. 이렇게 큰 배가 어떻게 움직일 수 있을까. 도대체 어떤 사람이 이 배를 몰고 왔을까. 낯선 배에 가까이 다가갈수록 풍의 심장은 밖으로 뛰쳐나올 듯 쿵쾅거렸다. 안에 누가 있소? 그가 손나팔을 만들어 배를 향해 소리쳤다. 하지만 해무가 그의 고함을 덜컥 삼킬 뿐, 인기척은 없었다. 그는 천천히 낯선 배 주위를 돌기 시작했다. 그때, 그의 귀에 낯선 언어가 날아와 달라붙었다. 방금 뭐라 했던가. 후아유라고 했던가. 후아유라니? 도대체 이건 어느 나라 말인가. 그는 소리 나는 쪽으로 고개를 돌렸다. 갑판 위에 덩치 큰 사내 하나가 서 있었다. 그는 놀라 바다로 풍덩 빠질 뻔했다. 여태 본 적이 없는 해괴한 얼굴 때문이었다. 얼굴 가운데에는 금정산을 올려놓은 듯 코가 오뚝했고 눈동자는 바닷물을 담아놓은 듯 새파랬다. 게다가 머리털마저 길게 땋아 내리고 있어 계집으로 착각할 정도였다. 세상에 저런 인간들이 있다니. 대, 댁은 뉘시오? 어, 어디서 오셨소? 홧 해픈? 홧 디스 리즌 콜? 홧, 뭐라고 사내가 소리쳤다. 하지만 사내의 말뜻을 헤아리긴 힘들었다. 두 사람은 결국 합죽입이 되어 서로 멀뚱하게 바라보기만 했다. 그는 천천히 사내를 살피기 시작했다. 사내는 앳돼 보였다. 그의 나이쯤 됐을까. 입성 또한 특이했다. 소매가 좁아 군졸이 입는 복색 같았다. 아무래도 군함 같은 느낌이었다. 그때 또 다른 남자가 얼굴을 디밀었다. 이번에는 빨간 머리털을 한 사내였다. 빨간 머리털은 손에 작은 칼까지 쥐고 있었다. 그가 움찔 놀랐는지 배가 휘청거렸다. 빨간 머리털이 재밌다는 듯이 칼을 만지작거리며 킬킬거렸다. 낯선 사내들이 하나둘 갑판으로 몰려나왔다. 생각보다 많은 인원수였다. 그제야 그는 왜 배의 운두가 이렇게 높은지 이해가 갔다. 그때, 멀리 구봉 봉수대에서 봉화가 피어올랐다. 마을 사람들도 물일을 나서다가 방향을 바꾸어 이양선으로 다가오고 있었다. 나행이었나.

*

바다는 살아 꿈틀대는 거대한 동물이다. 윌리엄 R. 브로튼 함장은 경험을 통해 그 사실을 잘 알고 있었다. 한데 이게 웬 일인가. 위험한 동물의 등 위에서 이렇게 악몽 하나 없는 잠자리라니. 우리 선박이 축복받은 가나안 땅에라도 도착했단 말인가. 그러고 보니 고국을 떠난 지 벌써 3년째. 유구제도에서 좌초되지 않았다면 벌써 임무를 마무리 지었을 터였다. 모선 프로비던스호가 산호초에 좌초되면서 그만 탐사 일정에 차질을 빚고 말았다. 그렇다고 대영해군의 함장으로서 임무를 포기할 수 없는 노릇이었다. 남은 호위함만 이끌고 마카오로 회항해 거기서 다시 탐사대를 조직했다. 모선과 달리 호위함은 87톤급 선박에 불과했다. 고작 5개월치의 물품밖에 실을 수 없었고 승선 인원도 한계가 있었다. 35명의 선원으로 탐사길에 오른 것이 1797년 6월 27일. 그러니까 어느덧 넉 달이 가까웠다. 그 사이에 식료품과 땔감, 식수 등은 바닥을 보이기 시작했다. 적당한 항구를 찾아 보급창을 채우지 않으면 뜻밖의 재난에 위기를 맞을 수도 있었다. 적절한 곳을 물색하던 중, 해안을 둘러싼 불빛들을 발견했다. 뜻하지 않게 큰 항구를 발견한 것이다. 윌리엄 함장은 즉각 정박 명령을 내리지 않을 수 없었다.

윌리엄이 전날의 항해일지를 정리하고 있을 때, 노크 소리가 났다. 누군가? 제너럴, 존입니다. 존이라면 식료품을 담당하는 초심자였다. 어리고 경험 없는 그를 발탁한 건 명민함 때문이었다. 자네는 왜 이번 탐사에 자원했나? 역사를 다시 쓰고 싶어서입니다. 역사라니? 영국의 역사가 곧 세계의 역사이기 때문입니다. 그 발자국을 함장님과 함께 찍고 싶습니다. 발자국을 찍기 전에 죽을 수도 있다는 건 모르는가? 제가 죽으면 그것 또한 영국의 역사요 세계의 역사가 될 것입니다. 윌리엄의 입에서 절로 오호, 하는 소리가 터졌다. 존의 똑똑함은 금세 드러났다. 존은 무엇보다 사람의 마음을 읽을 줄 알았다. 함장의 표정과 눈빛만으로도 무엇을 말하고자 하는지, 무슨 일을 해야 하는지 알아서 움직였다. 그랬기에 선박에서 제일 중요한 식품부를 맡긴 것을 이번 항해에서 제일 잘한 일로 여겼다. 그런 믿음직한 존이었으므로 윌리엄은 반갑게 그를 맞았다. 모처럼 푹 쉬라고 했더니 이른 아침부터 무슨 일인가? 지금 흰옷을 입은 자들이 배 주위에 몰려와 있습니다! 보고를 들은 윌리엄은 약간 당혹스러웠다. 흰옷? 그래, 그 자들이 무기를 들었던가? 맨손인 것으로 보아 싸우려는 의사는 없어 보입니다. 그래? 그럼, 그들에게 호의를 베풀게나. 어차피 그들의 도움이 필요하니 말일세. 예스, 써! 존이 소리치며 선실을 나섰다.

*

댕기머리 사내가 줄로 만든 사다리를 드리웠다. 그런 다음 댕기머리는 풍을 향해 소리쳤다. 손짓으로 보아 올라오라는 듯했다. 풍은 잠시 망설였다. 주위를 두리번거렸다. 백사장까지 사람들이 몰려나와 서 있는 것이 보였다. 그걸 보자 괜히 그의 어깨가 한 뼘 올라갔다. 그는 천천히 사다리를 밟았다. 갑판에 오르자 기다리고 있었다는 듯이 해괴한 모양의 모자가 그의 앞으로 나섰다. 보아하니 모자가 배의 우두머리인 듯했다. 웰컴 투 컴 인 아워 십! 이게 뭔 소린가. 아침부터 씹이라니. 이것들이 혹 여자 생각이 나서 찾았나. 모자가 그에게 손을 내밀었다. 아무것도 쥐지 않은 손이니 안심하라는 것인가. 그렇다면 망설일 것도 없잖은가. 얼떨결에 풍도 모자 앞으로 손을 내밀었다. 그러자 기다렸다는 듯이 모자가 덥석 그의 손을 움켜쥐었다. 그러고는 다른 손으로 풍의 어깨를 두드리며 환하게 웃었다. 모자가 무슨 말인가를 했지만 그의 귀는 아무 소용이 없었다. 혹시 조선말을 할 줄 아는 사람은 없소? 풍이 말했다. 모자는 대답 대신 댕기머리 사내를 바라보았다. 헤이, 존! 댕기머리 사내의 이름이 존인 모양이었다. 존이 모자에게 다가갔다. 한동안 두 사람은 나란히 서서 이야기를 나누었다. 그 와중에 빨간 머리털은 계속 칼을 매만지며 풍을 노려보았다. 성질 고약한 위인임이 틀림없었다. 존이 풍에게 다가왔다. 그러더니 알아듣지 못할 말을 나불거리면서 몸짓을 해댔다. 입안으로 무언가 삼키는 흉내를 내는 것으로 보아 마실 것이 필요한 모양이었다. 벌컥벌컥? 물은 마을에 가면 얼마든지 있소. 존은 말이 통한 게 기쁜지 박수까지 쳐댔다. 이번에는 배 가운데 위치한 화덕을 가리키며 불 피우는 시늉을 했다. 불과 땔감도 줄 수 있소. 오케이! 존이 다시 손을 입으로 가져가 씹는 흉내를 냈다. 아, 먹을 것? 그것도 얼마든지 구할 수 있소. 풍은 존과 몸짓으로 대화하면서 서서히 긴장이 풀림을 느꼈다.

무슨 일로 왔대, 어디서 왔대? 풍이 마당으로 들어서자 단점이가 다짜고짜 묻고 들었다. 몰라. 풍은 벌러덩 마루청에 몸을 눕히고 말았다. 말을 해봤을 거 아냐? 말은 무슨, 통해야 얘기를 하든지 말든지 하지. 그럼 물이랑 땔감, 뭐 그런 게 필요한 건 오라베가 어떻게 알았어? 그냥 손짓 발짓으로 대충 때려잡은 거지. 근데, 너 정말 내가 가자면 어디든 간다고 그랬지? 갑자기 그런 걸 왜 물어? 그냥 대답이나 해봐. 단점이 잠시 대답을 머뭇거리다가 입을 연다. 나야 뭐 오라베 하자는 대로 할 수밖에 더 있어? 근데 어디로 갈 건데? 어디를 가든. 암튼 넌 단단히 마음만 먹고 있어. 그래놓고 풍은 질끈 눈을 감았다. 잠이 모자라 그런지 눈알이 다 아렸다. 긴장이 풀린 탓일까. 피곤이 몰려왔고 그도 모르게 깜빡 잠이 들고 말았다. 사람들이 웅성거리는 소리가 났다. 그는 후다닥 몸을 일으켰다. 아니나 다를까 이양선의 파란 눈들이 마을로 오고 있었다. 일행을 인솔한 이는 역시 이상한 모자를 쓴 양반이었다. 그는 마당을 빠져나와 골목으로 달려갔다. 헤이, 프렌드! 풍이 나타나자 일행 중 누군가 소리쳤다. 존이었다. 프렌드가 아니라 내 이름은 풍이라우, 풍! 풍풍? 아니, 풍! 풍? 그래, 이 답답한 존아. 존? 존이 자신의 이름을 듣는 것이 놀라운지 눈을 화등잔만 하게 떴다. 풍이 파란 눈의 일행과 이야기를 나누자 마을 사람들은 놀라운 표정으로 일제히 풍만 쳐다보았다. 훼어 캔 아이 겟 워러? 존이 말했다. 워러가 뭐라? 풍이 눈을 치떴다. 워러, 거듭 말하며 존이 손에 쥐고 있던 물통을 들어 올렸다. 그는 손가락으로 계곡 쪽을 가리켰다. 일행은 계곡으로 경쟁하듯이 달려갔다. 신선한 물이 간절했던 모양이었다. 그들은 물통까지 채운 뒤 보트에 차곡차곡 실었다. 그 와중에도 모자를 쓴 사람은 천리경에 눈을 디밀고 주변을 살피기에 여념이 없었다. 그러더니 이윽고 마을로 향했다. 모자는 틈틈이 뭔가를 기록했고 마을을 지난 다음에는 왜관 쪽으로 걸음을 다잡았다. 왜관으로 가자면 자성대를 지나야 했다. 그랬다간 존과 모자 일행은 군졸에게 어떤 일을 당할지 몰랐다. 풍이 모자 앞에 나섰다. 멈추시오. 더 갔다가는 배로 돌아가지 못할 수도 있소. 모자는 무슨 일인지 몰라 눈을 키웠다. 당신들은 죽을지 모르오, 저기엔 활과 창으로 무장한 군인들이 있소! 이윽고 모자가 가리키는 손가락 끝으로 시선을 옮겼다. 축조된 성벽엔 포의 진지로 보이는 구멍들이 오롯이 드러나 있었다. 모자도 그걸 본 모양이었다. 잠시 생각하던 모자가 몸을 돌려세웠다.

*

풍이, 방에 있는가. 창우의 목소리였다. 부사 나으리께서 뵙자고 친히 행보를 하셨네. 얼른 나와보게. 부사라면 동래부사 정상우 나으리란 말인가. 그분이 이런 누추한 가옥까지 방문하다니 이 무슨 일이란 말인가. 풍은 화살처럼 잽싸게 달려 나와 마당에 엎드렸다. 자네가 이양선의 뱃사람들을 제일 먼저 만났다고 하던데 사실인가. 예, 소인이 확실하옵니다. 그래? 그럼 그 서양인들이 용당포에 온 목적이 무엇이라 하던가. 그는 아는 대로 그 연유를 설명했다. 배에 필요한 물품 때문에 온 것 같다고. 그러자 가만히 듣고 있던 부사가 다시 물었다. 혹시 사람을 해칠 무기는 싣지 않았던가. 대포가 있었으나 쏜 적이 없으며 외려 저를 손님처럼 잘 대해주었습니다. 손님처럼 너를 대했다? 예, 그러하옵니다. 그럼, 네가 앞장설 수 있겠느냐? 아무래도 내가 그들을 직접 만나봐야겠다. 거절할 도리가 없었다. 엄연히 신분이 지배하는 세상, 그걸 넘어뜨리려는 순간 제가 자빠질 수도 있었다. 아버지처럼 저항했다가는 뜻하지 않은 죽음을 맞이할 수도. 그는 바닷가로 잰걸음을 쳤다.

*

풍이 낯선 사람들을 이끌고 배로 왔다. 존은 고개를 제대로 들지 못하는 풍을 물끄러미 지켜보고만 있었다. 데리고 온 사람들은 신분이 높은 사람으로 보였다. 긴 수염은 아마 그들의 권위를 나타내는 모양이었다. 그들은 수염을 드리우고 머리에는 중앙이 높이 솟은 커다란 검은 모자를 쓰고 있었다. 망사였고 모자의 지름은 3피트나 될 정도였다. 그 큰 모자를 끈으로 턱에 매었는데 손에는 칼과 부채까지 쥐고 있었다. 칼의 손잡이는 은으로 장식되어 있어 은의 가치는 그들도 알고 있는 듯했다. 동행한 짧은 수염을 한 사람이 윌리엄 함장 앞으로 나섰다. 지금껏 쓰지 않던 낯선 언어를 쓰는 것으로 보아 통역관인 듯싶었다. 하지만 그 말마저 알아들을 수 없는 언어였다. 다른 사람이 나서서 또 다른 언어를 구사했다. 알아듣기 힘든 건 마찬가지였다. 할 수 없이 윌리엄이 종이 위에 알파벳을 써 내려가자 저들끼리 웅성거렸다. 이건 뭐 글자가 산과 구름을 닮았구먼. 그들은 돌아가며 글자를 살폈다. 하지만 읽어내는 이는 아무도 없었다. 그러다가 '낭가사기'라는 말을 듣자 그들은 눈빛을 파닥였다. 나가사키

라면 일본의 장기도를 말하는 것이 아닌가. 그들끼리 웅성거렸다. 그걸 눈치챈 윌리엄이 대마도 근처를 가리키며 입으로 바람 소리를 냈다. 그러자 그들은 알겠다는 듯이 고개를 끄덕거렸다.

풍과 관리 일행이 떠난 후, 우리는 탐사작업을 위해 뭍으로 향했다. 지형을 한눈에 파악하려면 높은 곳으로 올라야 할 것 같았다. 풍이 우리를 기다리고 있었다. 웬 젊은 여자와 함께였다. 젊은 여자를 본 빨간 머리털의 앨런이 와우, 소리를 질렀다. 윌리엄이 그런 앨런을 나무랐다. 하지만 여자를 훑어보는 눈매는 여전히 끈적거렸다. 헤이, 풍! 후 이즈 쉬? 시스털, 와이프? 존이 먼저 알은체하며 나섰다. 단점인 내 계집이요, 내 계집! 풍이 대꾸했다. 하지만 존의 귀에는 계집이라는 말만 선명히 들릴 뿐, 아내인지 여동생인지 알아들을 수 없는 건 매한가지였다. 존은 화제를 바꿔 풍에게 방문 목적을 설명했다. 마을 뒷산을 가리키자 풍이 입을 열었다. 신선대에는 무엇 때문에 가려는 거요? 거긴 먹을 것이라곤 아예 없소. 존이 몸짓으로 다시 설명해야 했다. 마지못한 듯 풍이 되받았다. 하여튼, 가고 싶다니 안내하겠소. 나를 따라 오시오. 풍이 앞장서 산으로 향했다. 앨런은 동행하지 않는 여자에게 미련이 남는 듯 여자의 아래위를 한참 눈으로 더듬은 후에야 걸음발을 내디뎠다.

산으로 향하는 걸음발은 더뎠다. 생각보다 길은 가팔랐으며 큰 바위도 많았다. 윌리엄 함장은 특이한 나무나 풀을 보면 어김없이 풍을 불렀다. 향신료라도 발견한다면 의외의 횡재를 할 수 있기 때문이었다. 우리가 탐사를 하는 것도 옷감과 향신료를 팔기 위한 교역로 확보에 있었던 것이다. 그러니 풍의 반응에 따라 윌리엄은 직접 냄새를 맡거나, 씹어서 맛을 보거나, 표본까지 채집하는 열성을 발휘할 수밖에. 정상에 섰을 때에는 햇살이 이우는 중이었다. 바다는 은빛으로 반짝이고 있었다. 윌리엄은 가져온 두루마리 종이를 펼쳐 해안 지형을 스케치하기 시작했다. 구름 한 점 없는 날씨 덕에 만의 안쪽까지 훤히 내려다보였다. 만의 중앙에는 수십 채나 되는 희고 웅대한 건물이 위치해 있었고 그 앞에 정박한 배들도 보였다. 발아래로는 계단처럼 논이 펼쳐져 있었고 풀밭에는 소들이 한가롭게 풀을 뜯는 중이었다. 존이 소를 보자마자 풍을 향해 소리쳤다. 위 니드 투 해브 섬씽 투 잇. 하우 마치 이즈 댓 카우? 풍이 잠시 생각하는 듯하더니 손사래를 쳤다. 소는 팔 수 없는 존재요. 저 동물은 우리에겐 또 하나의 식구란 말이오. 풍의 눈치를 살피던 존은 실망스런 표정을 지었다. 풍의 완강한 말투로 보아 로스트비프는 물 건너갔다고 여긴 것이다. 존의 표정을 풍이라고 놓쳤을 리 없었다. 저기 돌아다니는 개는 얼마든지 줄 수 있소. 우린 저걸

애완동물이 아니라 식용으로 기르니까 말이오. 퐁이 왈왈, 개 짖는 소리까지 내자 앨런이 퐁을 째려보았다. 제 성의 유래를 말하는 것이 불쾌한 듯이. 스케치를 끝낸 윌리엄이 방위각을 측정하기 위해 지남철을 꺼냈다. 하지만 지남철이 말썽을 일으키는지 고개를 갸웃거려댔다. 윌리엄이 퐁, 하고 소리쳤다. 퐁이 소리 나는 쪽으로 고개를 돌렸다. 홧 이즈 디스 리즌 콜드? 퐁이 고개를 갸우뚱거렸다. 홧 이즈 디스 리즌 콜드? 함장이 손가락으로 제 발밑을 가리켰다. 여긴 조선이라오. 쵸산? 그렇소, 조선이란 나라요. 오케이, 쵸산. 윌리엄은 지도 아랫부분에 'Chosan Habour'라고 명기했다.

*

아저씨, 나도 배 구경하고 싶다니까요! 단점이는 아까부터 창우를 채근하고 있었다. 젊은 여자를 보내기에는 파란 눈의 사내들이 미덥지 못했다. 특히 단점이를 향해 군침을 삼키던 빨간 머리털의 사내는 더더욱. 그런데 위험하지 않다는 걸 알아서일까. 마을 사람들이 경쟁하듯이 이양선으로 몰려가기에 바빴다. 심지어 조무래기들과 노인들까지 합세했다. 그들이 이양선에 올라 이곳저곳을 살피는 것이 돌담 앞에서도 보일 정도였다. 사람들이 저리 많은데 뭐가 안 된다는 거예요? 아저씨가 데려다주지 않으면 다른 배라도 타고 갈 거예요! 젊으니 궁금한 것도 많고 참을 수 없는 것도 많은 모양이었다. 창우는 제 고집을 꺾을 수밖에 없었다. 호기심을 풀어주는 것이 또 다른 미련을 갖지 않게 하는 법. 그럼, 정지에 가서 삶은 고구마라도 챙겨라, 빈손으로 가는 건 예의가 아니니까. 단점이는 좋아 어쩔 줄 몰라 했다. 다 컸다고 생각했더니 아직 어린 티가 남아 있는 모양이었다. 고구마라면 그들도 마다할 리 없었다. 요깃거리로 고구마만 한 것도 없으니까 말이다.

단점이와 함께 이양선에 올랐을 때에는 몰려온 사람들로 발 디딜 틈 하나 없었다. 사람들은 이양선 곳곳을 돌아다니며 만져보고 재보고 때려보고 심지어 발로 굴러보기도 했다. 창우도 배에 올라온 후 놀란 눈을 감출 수 없었다. 다만 드러내지 않았을 뿐이었다. 세상에, 이렇게 크고 튼튼한 배를 만들다니. 만약 이런 배가 수십 척이 몰려온다면 이 나라의 운명은 어찌 될까. 바람 앞의 등불 신세가 되지 않을까. 파란 눈의 선원들은 통제마저 포기한 눈치였다. 자기들끼리 모여 앉아 잡담만 나누고 있었다. 창우는 선원 곁으로 다가갔다. 이거, 선물이오. 맛이라도 좀 보시오. 창우가 고구마가 든 바구니를 건넸다. 그러자 파란 눈이 호기심 어린 눈빛으로 바구니 속을 살폈다. 그러더니 이내 환한 표정을 지었다. 그때, 신선대로 향했던 다른 일행이 돌아왔다. 동행한 풍은 함께

오지 않았는지 보이지 않았다. 우두머리인 모자가 왔는데도 선원들은 아랑곳없이 고구마 맛을 평하기에 바빴다. 풍의 말은 거짓이 아니었다. 그들 사이에는 엄격함이 없었다. 있는 것이라고는 자유뿐이었다. 서로 격의 없이 나누는 대화, 그리고 눈치 보지 않는 행동. 그렇다면 저들이 사는 나라는 도대체 어떤 나라일까. 면천이 필요 없는 땅일까. 불현듯 창우도 그들의 나라가 궁금해졌다. 그런 와중에도 단점이는 아이들처럼 배를 구경하느라 정신없이 돌아다니고 있었다. 어느새 빨간 머리털의 앨런이 음탕한 눈으로 단점이의 뒤태를 훔치는 중이었다.

*

구경꾼들은 어둠이 짙어져서야 배를 떠났다. 그 바람에 선원들은 배를 정리하느라 한동안 부산을 떨어야 했다. 존의 책임구역인 화덕 주위와 조리실도 엉망이긴 마찬가지였다. 그 바람에 저녁 준비가 늦었다. 다행인 것은 조선인들이 가져다준 음식 덕분에 느긋하게 요리에 임할 수 있었다는 것이다. 더군다나 풍이로부터 싱싱한 가자미 생선까지 얻는 횡재를 했다. 영국의 전통요리 로스트비프는 먹을 수 없었지만 덕분에 '피쉬 앤 칩스' 요리를 맛본다는 게 얼마나 감사한 일인가. 역시 풍은 덩치는 작았지만 마음이 넉넉한 사람임은 분명했다. 늦은 저녁을 먹고 있는데 이번에는 횃불들이 배로 몰려들었다. 윌리엄으로부터 즉각 돌려보내라는 명령이 떨어졌다. 성질 급한 앨런이 벌떡 일어섰다. 그리고 그들을 향해 거친 욕설을 퍼부어댔다. 하지만 욕을 들어도 횃불들은 배 주위만 맴돌았다. 창을 지닌 군인까지 대동한 것으로 보아 이 지역의 또 다른 높은 행정관인 듯싶었다. 하지만 끝내 우리가 반응을 보이지 않자 돌아가고 말았다.

*

꼭두새벽부터 풍은 부지런을 떨었다. 어제 신선대에 올랐을 때, 존이 해가 뜨면 오겠다는 의사를 몇 번이고 몸으로 표현했기 때문이었다. 풍은 하늘부터 기웃거렸다. 구름도 구경 삼아 죄다 이곳으로 몰려온 것인지 사방은 안개로 가득했다. 그는 안개를 뚫고 마을을 돌아다니며 잘 마른 소나무 장작과 채소를 확보하느라 정신이 없었다. 겨우 여유를 찾았을 때에는 사방이 훤해진 다음이었다. 풍이 늦은 아침을 먹고 부랴사랴 백사장에 섰을 때에도 이양선에서는 아무런 움직임이 없었다. 그는 다시 배 모양을 살폈다. 몇 번이고 봤지만 볼 때마다 신기하기만 했다. 돛이 두 개인 배는 이곳에도 많다. 하지만 이물에 저렇게 삼각 돛대를 한 배는 없었다. 저 삼각돛이 배의 움직임을 자유롭게 조종하는 노와 같은 역할을 하는 모양이었다. 바람을 이용해 진로를 자유자재로 바꾸는 지혜. 그들은 이미 그걸 터득하고 있는 듯했다. 저렇게 바람을 효율적으로 이용한다면 배의 속도 또한 빨라지는 법. 그렇다면 바다의 끝까지 갈 수 있지 않겠는가. 아, 바다의 끝은 어디일까. 그 끝에는 무엇이 있을까. 거긴 서학에서 말하는 천국이 있을까. 아니면 불국토가 있을까. 풍은 저 배를 타고 바다 끝까지 가보고 싶다는 생각이 들었다. 그들에게 자신을 데려가달라고 부탁하고 싶었다. 마을 사람들이 하나둘 장작더미를 메고 오는 모습이 보였다. 그때였다. 느닷없이 풍의 곁으로 군졸들이 다가왔다. 자네가 풍이란 작자인가. 예, 그렇소만. 그럼 우리와 함께 통제사 나으리께 가세. 아니, 수군통제사 나으리께서 무슨 일로 나를 찾는단 말이오? 다 이유가 있으니까 보자는 것이 아니겠나, 얼른 나서게. 풍이 도망가기나 할 듯, 군졸 두 사람이 재빨리 달려들어 겨드랑이를 꽜다.

양인들이 신선대에 올라 무엇을 하였다고? 통제사의 물음에 풍은 그저 머리를 조아리고 묻는 대로 대답할 뿐이었다. 유람하듯이 오른 후 그림을 그렸사옵니다. 그림을 그려? 분명히 네가 직접 눈으로 보았느냐? 예, 세필 같은 것으로 그림을 그리는 걸 똑똑히 보았습니다. 그럼, 그림의 속도 보았느냐? 왜관이며 마을 위치, 그리고 절영도까지 상세하게 그려

져 있었습니다. 네 이놈, 그걸 보고서도 아직 네 우둔함을 깨닫지 못했단 말이냐? 예? 무슨 말씀이시온지? 그놈들은 그림을 그린 것이 아니라 부산포의 지도를 그렸단 말이다. 지도라니요? 그건 지도가 아니라 그림이었을 뿐입니다. 허허, 이놈이 아직도 제가 한 짓을 모르는구나. 제가 한 짓이라뇨? 임진년에 대마도 돌중 현소(玄蘇)가 왜놈들 길잡이 노릇 한 것을 정녕 모른단 말이냐? 풍은 잠시 우두망찰했다. 임진왜란을 어찌 부산포 사람들이 모를 리 있겠는가. 이 일을 어쩐단 말인고, 임신년에 어리석기 짝이 없는 놈이 나타나 또다시 정체 모를 적을 불러들이는 우를 범하다니. 여봐라, 얼른 이놈을 오라로 묶어 옥방에 가둬라. 풍은 정신을 차릴 수 없었다. 적을 불러들이다니, 그럼 내가 역적질을 했단 말인가. 역적질은 너무 억울했다. 하지만 누구 하나 그의 호소에 귀 기울이는 이는 없었다. 등 뒤에서 통제사의 목소리가 다시 쩌렁쩌렁 울렸다. 이 시각 이후부터는 주민들의 이양선 근접을 일체 금하라. 그리고 지금 당장 이양선의 수괴를 만나 그 지도를 회수하리니 어서 빨리 출정 채비를 차리도록 하라!

*

이양선 접근을 금하자 사람들도 일상에 눈을 돌리기 시작했다. 논으로 나가 물꼬를 보거나 피를 뽑기도 했고, 어떤 이는 소꼴을 베러 나서거나 밭의 고구마를 캐기도 했다. 창우도 아침상을 밀자마자 짚신을 엮느라 처마 밑에 엉덩이를 부렸다. 하지만 일이 손에 잡히지가 않았다. 도대체 풍이 무슨 잘못을 저질렀기에 잡아갔단 말인가. 그깟 이양선 무리들과 어울렸다고? 말도 통하지 않는 그들을 도운 것이 무슨 죄가 된단 말인가. 죄라면 먼저 내 나라를 침범한 저 양인들이 저지른 게 아닌가. 잡아가려면 양인을 잡아가야지 왜 풍을 잡아간단 말인가. 창우의 입에서는 연신 한숨이 터져 나왔다. 안 그래도 발 탄 강아지마냥 자리에 가만있지 못하는 풍이 때문에 속을 태우던 단점이. 그녀는 또 얼마나 애간장이 탈까. 그러니 대책도 없이 자성대로 달려가지 않았겠는가. 창우는 차라리 이번 일로 단점이가 마음을 달리 먹었으면 싶기도 했다. 그게 사랑하는 풍이를 위하는 길이었다. 남성 평민과 여성 천민의 결혼은 여성의 신분을 따라야 한다. 그게 조선의 율법이다. 천민이 된다는 건 인간이 아닌 동물로 산다는 것. 그 사실은 누구보다 창우가 평생 동안 겪은 일이 아니던가. 하지만 그건 어디까지나 그다음에 생각해도 될 일. 우선 급한 건 끌려간 풍이였다. 창우는 답답한 마음에 허공을 올려다보았다. 흐릿한 태양이 정수리 위에 앉아 있었다. 이 정도 시각이 흘렀으면 단점이가 돌아올 때가 넘었다. 창우는 바깥 동정이라도 살필 겸 돌담 앞으로 가서 섰다. 이양선 무리 몇몇이 땔감과 식수를 배로 실어 나르고 있었다. 댕기머리 선원 하나가 자꾸 풍의 집을 쳐다보는 게 아무래도 존인 모양이었다.

그래, 저간 사정을 알아보았더냐? 단점이가 나타나자 창우가 다급하게 묻고 나섰다. 아저씨, 이를 어째요? 오라베가 역적질을 했다네요. 역적질을 해? 네, 양인들이 지도를 그리는 걸 도왔다고 옥방에 가둬놓고 만나지도 못하게 하던걸요. 단점이는 기어이 참았던 울음을 마루 밑에 뿌렸다. 창우는 그녀의 어깨를 다독이며 긴 숨을 내쉬었다. 일이 이 지경에 이르다니. 그렇다고 이렇게 마냥 넋 놓고 있을 수도 없잖은가. 무언가 해야 하는데 어떻게 손을 써야 할지 막막하기만 했다. 헤이, 풍! 조그만 배로 땔감을 나르던 존이 난데없이 나타났다. 아까부터 집 쪽을 바라보는 꼴이 수상하더니 그새 풍과 정이라도 들었단 말인가. 하긴 정은 한순간에 생기는 게 아니라 쌓이는 거라 했던가. 풍은 잡혀갔소. 당신들 때문에 말이오. 존은 무슨 말인가 싶어 눈을 홉떴다. 우리 오라베가 이렇게 두 손을 오랏줄에 묶여 끌려갔단 말이에요. 그러니까 당신들이 책임지세요. 그렇지 않으면 당신들을 절대 보내줄 수 없어요! 곁에 있던 단점이가 눈물을 훔치며 왜장을 쳤다. 그런 호소 탓일까. 존의 표정이 갑자기 어두워졌다. 창우가 다시 나섰다. 풍이를 살리려면 당신들이 그린 지도가 필요하오. 저 위에서 이렇게 네모난 종이에다 그린 그림 말이

외다! 그것만이 풍을 여기, 이 집으로 돌아오게 할 수 있소. 존은 창우의 몸짓을 한동안 지켜보더니 되물었다. 더 맵? 비코즈 오브 댓? 존은 양팔을 동원해 무슨 말인가를 한참을 중얼댔다. 그래도 말이 통하지 않자 제 가슴을 몇 번 쳐대고는 마지못해 돌아섰다.

사람이 만든 공간에 사람이 없으면 얼마나 쓸쓸해지는가. 이양선이 닿은 지 벌써 이레째. 마을은 아무 일도 없는 듯 평온했다. 하지만 풍이 잡혀가고 난 후 창우와 단점이의 일상만은 뒤바뀌고 말았다. 풍은 창우와 단점이를 위해 아래채를 선물했다. 그리고 자투리 채전까지 마련해주었다. 그런 풍의 넉넉한 가슴이 있었기에 오늘의 그들이 있을 수 있었다. 그런데 은인을 구하기는커녕 아무것도 할 수 없기에 답답할 노릇이었다. 오늘도 두 사람은 마루청에 앉아 목만 길게 내뺐다. 이제 식료품마저 실었으므로 이양선은 곧 떠날 터였다. 이양선이 떠나고 풍이 돌아온다면 마을도 예전과 다를 바 없었다. 하지만 풍은 언제 돌아올지 기약할 수 없었다. 대체 지도에 무슨 군사기밀이 들었기에 풀어주지 않는단 말인가. 눈 달린 사람이면 다 아는 이곳 풍광을 지도로 수십 장을 그린들 무슨 상관이 있으랴. 숨기고 감추어야 할 강산이라면 왜 왜선은 맘대로 이곳을 들락거리게 하느냔 말이다. 정말 생각만 해도 기가 막힐 노릇이었다. 오늘따라 빗방울까지 심란

함을 부추기고 있었다. 백사장 앞에 댕기머리 존과 군졸들이 비를 맞으며 마주 보고 서 있는 게 보였다. 채 신지 못한 물품이라도 있는 것인가. 선원 중 제일 바쁘게 움직이는 건 존밖에 없었다. 존의 손에는 두루마리 같은 길쭉한 것이 쥐어져 있었다. 존이 그 물건을 군졸 앞에 바투 갖다대고 흔드는 꼴이 두루마리 때문에 언쟁이 붙은 것 같았다. 뜻대로 되지 않은 것일까. 존이 허리에 찬 총을 꺼내 들었다. 지켜보던 창우의 눈이 휘둥그레졌다. 존은 주위를 두리번거리더니 총을 겨누었다. 타앙! 소리가 나기 무섭게 달려가던 개가 퍽, 쓰러졌다. 순식간의 일이었다. 놀란 군졸들이 창을 버리고 줄행랑을 치기 바빴다.

깊은 밤이었다. 뭔가 쿵, 넘어지는 소리가 났다. 창우와 단점이는 동시에 방문을 열었다. 마당 한가운데 풍이 쓰러져 있었다. 오매, 풍이 오라베! 단점이가 맨발로 뛰쳐나갔다. 그리곤 풍을 부둥켜안고 울먹이기 시작했다. 흐흐흑, 나도 죽는 줄 알았다니까, 오라베가 보고 싶어서. 근데 이 꼴이 뭐야. 누가 이렇게 만들었어? 창우는 송진 가지에 불을 댕긴 다음 소리쳤다. 뭐하는 거냐? 고생한 사람, 방으로 들이지 않고? 불빛 아래 눕히고 보니 풍의 몰골은 형편없었다. 옷은 피와 흙으로 엉망이었으며 얼굴은 온통 상처투성이였다. 몸도 성한 곳이 없었다. 곳곳에 멍과 매질의 흔적이 오롯했다. 창우는 자신도 모르게 신음을 토해냈다. 사람을 이런 꼴로 만들다니, 쯧쯧. 급히 물을 끓여 몸을 닦았다. 상처에 수건이 닿을 때마다 풍의 입에서 외마디 비명이 터졌다. 풍을 이부자리에 눕히니 닭이 울었다. 풍의 입에서 신음소리도 잦아졌다. 때를 기다렸다는 듯, 창우가 묻고 들었다. 그래, 이제 좀 정신이 돌아오는가. 풍이 여리게 고개를 끄덕였다. 영영 자네를 못 보는 줄 알았네. 나도 못 보는 줄 알았소. 근데 어떻게 풀려났는가? 존 때문이오. 존? 예, 존이 지도를 넘겼소. 창우의 눈이 반짝였다. 저들의 방문 목적이 지도 작성에 있다면 그것을 쉬 내놓을 리 없었다. 자네 눈으로 넘겨준 지도를 똑똑히 보았는가? 예, 보았소. 그럼, 그 지도가 맞던가? 풍이 고개를 저었다. 그러면 존이 풍을 구하기 위해 계략을 꾸몄단 얘기가 아닌가. 창우의 가슴이 둥둥 북소리를 내기 시작했다. 풍이 입을 연다. 그 양반들, 존이 떠나면 나를 다시 옥죌 것이오. 그렇다면? 그렇소. 그들의 손아귀에서 벗어나는 방법은 한 가지밖에 없소. 풍이 제 어금니를 으드득, 갈았다. 내어줄 것은 목숨뿐이므로 절대 내어줄 수가 없다는 듯이. 오라베 혼자 보낼 순 없어. 나도 갈 테야. 죽어도 같이 죽기로 맹서했잖아, 우리! 창우는 방바닥이 꺼져라 숨을 내몰았다. 이 둘을 어쩌란 말인가. 저 지독한 사랑은 어쩌란 말인가. 지도가 거짓임이 밝혀진다면 풍은 죽은 목숨이다. 그렇다면 길은 풍이의 말대로 한 갈래뿐이란 말인가. 두 사람은 창우가 있든 말든 부둥켜안고 해후의 감정을 나누기에 바빴다. 창우는 헛기침 몇 개를 떨어뜨리고는 밖으로 나섰다.

*

별이 떴다는 건 날이 갠다는 뜻이 아니겠는가. 날씨 탓에 묶여 있었다니 해가 솟는다면 필시 이양선은 뜰 것이다. 그들의 항로가 대마도라 했던가. 그렇다면 오륙도 근처로 지나갈 것이다. 거친 바람과 파도를 피하려면 뭍 가까이 붙을 것이 당연한 법. 그럼, 그들이 떠나기 전에 모처럼 흥이라도 내볼까나. 창우는 막걸리 한 사발을 들이켠 후 버릇대로 통마늘을 씹었다. 이상하게 오늘따라 마늘 냄새가 역겨웠다. 허허, 웅녀처럼 이제 나도 인간이 다 된 것인가. 왜 늘 먹던 마늘이 고약하게 느껴진단 말인고. 창우의 발은 어느새 광으로 향하고 있었다. 여태 무슨 미련이 남아 곰탈과 가죽옷을 버리지 못했을까. 오늘을 위해 그런 것일까. 창우는 곱게 모셔놓은 곰탈을 꺼냈다. 조금 상하긴 했으나 무두질을 잘해놓아 털이며 모양은 그대로였다. 더군다나 어제 낮에 기름을 바르고 털까지 손질해놓은 터였다. 윤기가 흘러야 멀리서도 뚜렷이 곰의 형체를 알아볼 수 있을 테니까. 곰탈을 만지자니 곰춤을 처음 가르쳐준 웅노인의 말이 떠올랐다. 곰은 말이야, 습성상 끌어당길 줄만 알지 밀어낼 줄은 모른다네. 그것 때문에 제 목숨을 잃지. 웅노인은 그러면서, 그냥 창만 겨누고 있어도 곰을 잡을 수 있다고 했다. 곰 스스로 창마저도 잡아당겨 제 가슴을 찌르기 때문에. 그러고 보니 그의 삶 또한 곰이나 마찬가지였다. 밀어내지 못해 제 스스로 상처를 입고 마는. 사월이를 제 마음에서 밀어낼 용기가 있었다면 창우 또한 그렇게 깊은 가슴앓이를 하지 않았을 것이다. 창우는 회한이 파도처럼 밀려옴을 느꼈다. 기실, 단점이와 풍이도 사월이와 다를 바 없었다. 창우는 이제 어떻게 처신해야 하는지 알았다. 이젠 끌어당길 것이 아니라 밀어내는 방법도 배워야 할 때임을. 창우는 천천히 곰털 가죽옷까지 껴입었다. 오랜만에 완전한 분장을 하니 옛일들이 몰려왔다. 하지만 마음은 그지없이 편했다. 덕분에 저절로 노래가 흘러나오고 덧뵈기 춤사위까지 터졌다.

창우와 풍은 나란히 배에 앉아 낚싯줄을 드리우고 있었다. 하지만 눈길은 바다가 아닌 까치섬 쪽이었다. 기회를 놓쳐 난바다로 들어선다면 그 속도를 따라잡을 수 없다. 그러니 돛이 바람을 제대로 타기 전에 붙잡아야 한다. 그렇지 않았다간 모든 계획이 수포로 돌아간다. 곰탈과 가죽은 눈에 잘 띄는 이물에 뉘어놓았다. 창우는 다시 누워 있는 곰에 눈길을 주었다. 소를 구입하고자 한 작자들이니 곰을 본다면 그냥 지나칠 리 없을 것이다. 마음, 단단히 먹어야 하네. 풍이 진중하게 고개를 끄덕였다. 단점인 내 자식 같은 아이네. 부디 잘 돌봐주게. 그러고는 창우의 눈은 곧장 까치섬 쪽으로 돌아갔다. 아저씨는 어쩌실려구요? 난 걱정 말게, 개똥밭 구를 날도 얼마 남지 않았잖은가. 창우의 눈에 흰 돛을 올린 채 만을 빠져나오는 이양선이 보였다. 때가 온 것 같네, 어서 서두르게. 창우는 낚싯줄을 팽개치고 얼른 노를 움켜쥐었다. 시킨 대로 얼른 수건을 흔들게나. 창우는 힘껏 노를 젓기 시작했다. 헤이, 존! 윌리엄 선장! 여기 선물을 준비했다네. 가져가게! 몇 번이고 소리쳐도 이양선에서는 아무 반응이 없었다. 그 사이 두 배의 거리는 자꾸 멀어지고 있었다. 여기 곰고기네, 얼른 와서 싣고 가게! 창우는 턱까지 숨이 차올라 소리치기도 힘들 정도였다. 그래도 배는 멀어질 뿐이었다. 두 사람이 낙담한 표정을 짓고 있는데 뜻밖에도 이양선의 뱃머리가 서서히 그들의 방향으로 돌기 시작했다. 그러더니 천천히 다가오기 시작했다. 천리경을 쥔 채 동정을 살피는 윌리엄과 그 곁에 선 존까지도 육안으로 보일 정도였다. 펼친 돛마저 내려지자 창우의 얼굴에 미소가 퍼졌다. 어서 배에 오를 준비를 하게! 창우의 말에 풍이 조심스레 곰을 등에 업기 시작했다. 곰이 살아 있는 듯 풍의 등 위에서 꿈틀했다. 존이 재빨리 풍을 향해 사다리를 내렸다. 풍은 곰을 업은 채 창우를 돌아보았다. 뭐하는가, 얼른 서두르지 않고! 창우가 잽싸게 다그쳤다. 풍이 줄을 잡고 이양선으로 오르기 시작했다. 창우는 고개를 들어 풍의 행동을 살폈다. 그러다가 풍이 갑판 위에 무사히 올라서자 재빨리 반대편으로 노를 젓기 시작했다.

곰을 보고 먼저 달려든 건 빨간 머리털 앨런이었다. 모처럼 육고기로 뱃장구를 두드리나 싶었는데 튀어나온 건 여자였다. 놀란 표정을 하기는 선원들도 앨런과 마찬가지였다. 망원경에 눈을 붙이고 있던 윌리엄 함장은 선원들의 웅성거림에 고개를 돌렸다. 자신의 눈을 믿을 수 없었다. 갑판 위에 웬 여자라니. 윌리엄은 재빨리 배가 있던 쪽으로 눈길을 돌렸다. 곰을 싣고 온 배는 이미 한참을 멀어진 다음이었다. 윌리엄은 선원들 사이를 헤치고 여자 앞으로 다가갔다. 그대의 정체는 무엇인가? 존이 한 발 앞으로 나섰다. 이 여잔 풍의 계집입니다. 이들이 왜 우리 배를 탔는가, 탄 이유는 무엇이라고 생각하는가? 이들은 이곳에 있으면 목숨이 위험하기 때문입니다. 그럼, 이 모든 게 존, 자네가 꾸민 짓인가? 제너럴, 전 그런 계략을 꾸민 적은 없습니다. 그럼, 왜 이런 일이 벌어진 건가? 그건 저도 잘 모르겠습니다. 윌리엄과 존이 주고받는 대화가 심상찮은 것을 풍도 눈치챘다. 지켜보던 풍이 큰 소리로 말했다. 삯은 얼마든지 지불하겠소. 대신 우리를 존의 나라까지만 데려다주시오. 존이란 단어가 튀어나오자 윌리엄이 다시 존을 노려보았다. 이 모든 일은 전적으로 자네 책임이 크네, 지금 당장 두 사람을 하선시키게. 함장님! 난바다에서 내린다면 그건 죽으라는 얘기 아닙니까? 어차피 죽을 목숨들이잖은가. 존은 잠시 말을 잃었다. 앨런이 칼을 쥔 채 야릇한 미소를 지었다. 풍은 뜻하지 않은 위기를 맞은 것을 직감했다. 무언가를 원하는 것만으로는 부족하다. 열렬히 갈망해야 한다. 윌리엄! 풍의 목청에 윌리엄이 고개를 돌렸다. 풍이 사정없이 단점이의 치마를 걷어 올렸다. 윌리엄의 눈이 커졌다. 이것 보시오. 뱃속에 우리 아기가 자라고 있소. 그래도 내리게 할 참이오? 윌리엄은 잠시 말을 잃고 서성였다. 혹시 길리스단? 단점이가 손가락으로 윌리엄의 목에 걸린 십자가를 가리키며 소리쳤다. 길리스단이라니, 이 목걸이가? 그 순간 윌리엄의 머릿속으로 이상한 생각이 스쳤다. 혹시 길리스단은 크리스찬을? 윌리엄은 낯선 이방인의 입에서 자신들이 경배하는 신과 관련된 단어가 나오자 그저 놀라울 뿐이었다. 일단 돛을 올리게! 윌리엄이 선원들을 향해 명령했다. 두 사람의 처분 문제는 잠시 미룰 생각이었다. 어차피 길은 멀었으므로 천천히 생각해도 될 일이었다. 배는 점점 속도를 내기 시작했다. 그제야 풍은 곁에 있던 단점이를 힘껏 끌어안았다. 멀리서 이기대가 그 광경을 지켜보고 있었다.

버드나무 아래서

동삼동 패총전시관 내
사슴선각무늬토기에 부쳐

'사슴이 새겨진 그릇'을 보면 누나가 생각난다. 그러면 나도 모르게 저절로 버드나무로 향하게 된다. 버드나무 아래에 서면 이마에 흉터 자국이 뚜렷하던 누나의 얼굴이며 나를 다시 찾아오겠다던 누나의 약속까지 선명하게 떠오른다. 그때쯤이면 물기 그렁한 눈으로 바닷가를 에두른 조붓한 서덜길을 나도 모르게 더듬기도 한다. 사실 누나는 이곳을 떠난 후 한 번도 찾아온 적이 없다. 그래서 더 누나가 보고 싶다. 울보였던 '작달누'. 작달누는 한 그루 버드나무였다. 여린 가지를 지닌 버드나무처럼 누나도 작은 바람에 우우, 우는 소리를 곧잘 내곤 했으니까. '위엄아'의 사소한 말 한마디에도 느닷없이 물처럼 맑던 눈이 흐릿해지곤 했으니까. '아바'가 바다에서 영영 돌아오지 않았을 때에도, '엄아'를 잃었을 때에도 울지 않던 누나였다. 하지만 언제부터인가 내 몫까지 울어주는 것처럼 두 눈에 눈물 열매를 달기 시작했다. 그렇게 나만 보면 눈시울을 적시던 누나. 그 작달누는 지금 무엇을 하고 있을까. 내가 이렇게 그리워하는 것을 알기는 할까.

버드나무 그늘로 달팽이 한 마리가 기어가고 있다. 녀석을 물끄러미 내려다본다. 녀석은 마치 아주 깊은 생각에 잠긴 것처럼 느릿느릿 움직인다. 녀석도 나처럼 생각이 많은 것일까. 아니면, 나처럼 멀리 떠난 피붙이를 찾아 헤매고 있는 것일까. 혹시, 이 녀석이 누나와 함께 봤던 그 달팽이 중 한 놈은 아니었을까. 그때, 달팽이는 두 마리였다. 두 마리는 지금 당장 하나가 될 듯이 서로 엉겨 붙어 있었다. 더듬이를 잔뜩 세우고 아주 깊은 포옹의 자세를 풀지 않은 채. 녀석들의 행동을 지켜보던 누나가 갑자기 얼굴을 붉혔다. 그러곤 벌에게 쏘인 것처럼 부리나케 자리를 떴었다. 아마 그 뒤였을 것이다. 누나가 가슴을 숨기기 시작한 것이. 이후 누나는 예전처럼 목젖을 내놓고 깔깔거리지도 않았고 말수도 현격히 줄었다. 그러더니 나를 두고 혼자 이 버드나무 아래에 쪼그려 앉아 있곤 했다. 누나는 왜 하필 다른 곳을 두고 이곳을 찾기 시작했을까. 그게 '큰할바'와 '위아바' 탓이었을까.

다른 무리들과 거래는 늘 있는 일이었다. 하지만 이번 '큰 할바'와 '위아바' 걸음 뒤에 묻어 온 말들은 예전과 달랐다. 그랬기에 '위엄아'가 작달누의 몸매를 흘낏거리면서 했던 말이 더욱 머리에서 지워지지 않았다. 네 누나가 이렇게 달거리까지 하는 여자로 자랄 줄은 몰랐다고 했던가. 솔방울같이 작디작은 누나가 태어났을 때, 정을 주어서는 안 된다는 것을 알아채, 네 엄아조차 젖을 물리지 않고 움집 구석에 밀쳐 놓았다고 했던가. 그러고는 위엄아는 아무 탈 없이 자란 것이 대견한 듯 깔깔거렸었지. 위엄아의 말처럼 누구보다 생에 대한 집착이 컸던 누나. 그런 누나의 집착이 다른 핏줄의 목숨까지 앗아간 것일까. 누나의 다음을 이어 엄아의 배를 차지했던 동생 둘마저 돌도 넘기지 못하고 숨을 놓았다고 했다. 위엄아의 말을 들으면서도 나는 작달누를 원망하기보다는 되레 고맙다는 생각만 했다. 누나마저 명줄을 덜컥 놓아버렸더라면 나는 아주 외롭게 자랐을 것이므로.

연기처럼 움집 주위를 에워싼 소문은 사실이었다. 짝이 될 사내는 반구 어디엔가 사는 무리라고 했다. 사내의 이름을 듣는 순간 나도 모르게 눈물이 핑, 돌았다. 누나에게 따지고 싶었다. 왜 나를 버리고 떠나냐고. 하지만 그날따라 움집이며 바닷가에도 누나의 모습은 보이지 않았다. 그러다가 버드나무숲을 떠올렸고 곧장 이곳으로 작살처럼 달려왔었다. 누나는 버드나무 그늘 아래 고개를 숙인 채 앉아 있었다. 마치 발아래 무엇을 발견한 듯이. 누나에게 다가간 내가 먼저 입을 열었다.

"검은달 사내, 좋나?"

"안!"

"근데 와?"

"큰할바 말, 들어야 하니까."

"듣지 마라!"

"들어야 한다. 엄아도 그렇게 왔다, 여기."

"그래서 아기 낳으러 가나?"

"아기 낳아야 검은달과 우리, 피붙이 된다."

"난 싫다. 작달누만 있음 된다!"

"가야 한다, 집 가져야 한다. 나도, 너도."

물기 가득한 목소리로 대꾸하던 그때, 누나도 발밑으로 기어가는 달팽이를 보고 있었을까. 제 집을 떠멘 채 먼 길을 가고 있던 달팽이를. 사람도 제 집을 가져야 한다. 그래야 행복하다. 집 없는 서러움은 누나도 나도 겪었다. 그래서 제 집을 갖기 위해 나를 버리고 떠난 누나가 미웠다. 하지만 이제는 안다. 누나의 말처럼 나도 팔과 다리에 근육이 붙었으며 위엄아의 품을 떠날 때가 됐으니까. 내가 지켜보든 말든 달팽이는 제 갈 길을 묵묵히 가고 있다. 하얀 삼실 가닥 같은 액체의 발자국을 남기면서. 그러고 보니 달팽이는 온몸이 발이다. 녀석은 결코 자신의 발자국을 끊는 법이 없다. 발자국이 끊어지는 순간, 제 생이 끝난다는 것을 아는 것일까. 느리지만 결코 멈출 수 없는 발자국. 그게 인간의 삶과 닮았다. 아니, 이곳의 시간을 닮았다. 달팽이가 갑자기 걸음을 멈춘다. 녀석 앞에 주먹만 한 돌멩이 탓이다. 때아닌 장애물에 당황한 듯 달팽이는 주위를 두리번거린다. 나도 모르게 조심스레 손길을 뻗는다. 돌멩이가 사라지자 달팽이는 다시 걸음을 재촉하기 시작한다. 쥐고 있던 돌멩이를 풀숲으로 내동댕이치려다가 멈칫한다. 그리고 천천히 돌멩이를 살핀다. 혹시 이게 누나의 이마에 상처를 새긴 돌이 아닐까 싶어서.

다치게 할 생각은 없었다. 골려주고픈 장난기가 고개를 내밀었을 뿐이다. 놀란 내가 달려갔을 땐 누나는 이마를 두 손으로 감싼 채 붉은 피를 쏟고 있었다. 그때 나는 얼마나 놀랐던가. 피를 토하며 숨을 거두던 엄아 모습이 떠올라서. 어쩌면 그 일 때문에 큰할바에게, 나는 커서 이다음에 누나와 결혼할 거라고 큰소리쳤을지 모른다. 큰할바는 눈빛을 돌칼처럼 날카롭게 만들며 왜장을 쳤었다. 같은 피붙이끼리 흘레를 하면 하늘과 땅의 신이 노한다고, 절대 그런 말은 입에 담아서도 안 된다고. 나는 되레 볼멘소리를 냈었다. 왜 우리는 사슴 부족끼리 결혼할 수 없냐고, 그런 법이 어딨냐고. 큰할바가 말을 이었다. 사슴은 자연의 혼령을 몸속에 지닌 영물이기 때문이라고. 네 발을 가진 동물이면서도 한 그루의 나무이기 때문에 나뭇가지를 닮은 뿔이 다른 암컷의 그늘이 되어 수십 마리를 거느릴 수 있는 거라고. 그제야 나는 알았다. 사슴의 뿔이 위대한 힘을 지녔다는 것을. 우리 부족이 왜 사슴을 숭배하게 되었는지를.

누나는 소식을 전해 듣지 못한 것일까. 아니, 나를 잊은 것은 아닐까. 검은달은 처음부터 알고 있었을 것이다. 큰할바의 가슴에 사슴뿔이 새겨져 있음을. 그렇지 않았다면 사슴이 새겨진 그릇을 혼수품으로 가져오지 않았을 것이다. 달도 없는 캄캄한 그믐밤에 태어났다는 '검은달' 사내. 어쩌면 검은달은 우리가 모르는 시커먼 심장을 지니고 있는지 모른다. 불현듯 누나의 안부가 궁금하다. 누나는 오늘 아침 무슨 일이 있었는지 짐작이나 할까. 그것 때문에 내가 더 불안해 한다는 것도 알까. 이제 나도 밤마다 묵직해진 아랫도리를 주체치 못할 정도로 컸다. 덕분에 필요한 그릇도 내 손으로 굽는다. 토기를 구울 때 왜 잔모래가 조금 섞인 진흙을 이용하는지, 그리고 빗살무늬를 새기는 이유까지도 안다. 그것은 바로 그릇이 깨지거나 금이 덜 가게 하기 위해서임을. 그릇을 만드는 건 의외로 간단하다. 진흙 반죽을 끈 모양으로 만들어 둥그렇게 감아 올라가면서 그릇의 형태를 만든다. 올라

갈수록 크기를 줄여 둥근 구멍을 메운다. 그런 다음 물을 이용해 겉을 매끈하게 하면 끝이다. 한데 검은달이 가져온 그릇은 달랐다. 우리가 구운 그릇처럼 검은 색깔도 아닌 붉은 색이었으며, 놀랍게도 단순한 빗살무늬가 아닌 사슴들이 연이어 새겨져 있었다. 한 마리 한 마리를 새긴 솜씨가 얼마나 섬세하고 놀라운지 금방이라도 사슴들이 무리를 지어 그릇 밖으로 튀어나와 초원을 향해 달려갈 것만 같았다. 그런 아름다운 솜씨를 아낙들이 몰라볼 리 없었다. 그러니 혼수품으로 도착한 갖가지 물건들, 이를테면 엄청나게 덩치 큰 멧돼지나 정교한 돌 연장들이나 골각기에는 눈길조차 주지 않았을 것이다.

잔치는 성대했다. 밤새도록 움집 주변에는 음식 냄새가 사라지지 않았다. 모처럼 접하는 멧돼지고기에 미리 준비한 열매술이 흥을 돋우었다. 우리는 이미 알고 있었다. 열매에 꿀을 넣으면 사람을 기분 좋게 만드는 술로 둔갑한다는 사실을. 열매술에 취한 무리를 두고 누나는 새로 단장한 움집으로 향했다. 움집으로 향하는 누나의 발걸음은 달팽이처럼 느렸다. 검은달 대신 내가 누나의 손을 잡아 움집으로 들어가고 싶었다. 하지만 위엄아가 내 손을 붙잡고 놓아주지 않았다. 그 바람에 나는 동틀 때까지 위엄아 곁에서 뜬눈으로 지새울 수밖에 없었다. 파르스름한 이내가 낄 때쯤 밖으로 나섰다. 바람꽃이 피어오르고 있었다. 때를 맞춰 버드나무까지 우우, 소리를 냈다. 나는 천천히 버드나무 아래로 향했다. 거기 작달누가 먼저 와 있었다. 누나는 나를 보자마자 끌어안고 울먹였다. 반드시 이곳을 다시 찾아온다고, 엄아, 아바처럼 죽지 말고 살아만 있으라고. 하지만 누나는 가을이 몇 번이나 바뀌어도 토막소식조차 없다.

바람의 체온이 떨어진 걸 달팽이도 알아챈 것일까. 녀석이 나뭇잎 속으로 천천히 파고든다. 이제 녀석도 긴긴 겨울잠을 준비해야 할 것이다. 그러면 녀석도 찾아보기 힘들겠지. 어쩌면 영영 볼 수 없을지 모른다. 움집 주변도 바빠졌다. 사내들은 사냥을 위해 돌칼을 갈고, 돌창을 다듬느라 부산하다. 아낙들은 삼 껍질을 구하기 위해 일제히 움집을 떠나려는 중이다. 아이들은 겨우내 쓸 땔감을 장만하느라 숲속이 왁자하다. 이제 움집의 저장고는 풍족한 끼니들로 넘칠 것이다. 풍부한 먹을거리는 이웃 마을 사람을 부르고 사랑까지 영글게 만들 것이다. 바야흐로 잔치의 계절이다. 뱃구레 두들기며 하루하루를 보내는 것, 얼마나 기다리던 일인가. 하지만 나는 이 가을이 반갑지만은 않다. 이곳을 곧 떠나야 하기에. 며칠 전, 큰할바가 말했다. 우리에게도 가축이 필요하다고. 근처 가락족 무리는 벌써 돼지를 잡아 기르고 있다고. 그러면서 넓은 경작지에서 곡식 키우고 가축 다루는 솜씨가 예사롭지 않은 여자라 했다. 나는 알겠다고 했다. 우리 사슴 부족을 위해서 가축 몇 마리와 바꾸는 혼인 거래는 씨족에 대한 보답이었으므로. 그런데도 나는 지금 버드나무 아래만 서성이는 중이다. 오늘 아침, 이유 없이 사슴이 새겨진 그릇이 깨졌기 때문에 더더욱.

2부

바람 따라

영원히
함께

캐나다 참전용사
허시형제 이야기

조셉(Joseph William Hearsey)은 손에 쥔 투명 유리테이프만 만지작거렸다. 오늘따라 잘려나간 부분을 찾으려 해도 쉽지 않았다. 어제 오후까지만 해도 그가 사용했던 테이프였고 이전까지는 잘려나간 부분을 손가락으로 더듬으면 금세 끊긴 부분을 찾아내곤 했다. 하지만 오늘따라 이런 사소한 일마저 쉽지 않았다. 조셉은 끊긴 부분을 조금 더 찾다가 이내 테이프를 내려놓고 긴 숨을 내몰았다. 그러고는 기어이 금이 간 사무실 유리창 너머로 눈길을 던지고야 말았다. 철로가 폭설에 덮인 채 길게 드러누워 있었다. 역사 주변의 단풍나무와 자작나무는 마른 잎 한 장 달고 있지 않았다. 아치(Archibald Lloyd Hearsey)가 이곳에서 열차를 탈 때만 하더라도 붉은 잎을 달고 있어 그지없이 아름다웠다. 그런데 불과 몇 달 사이에 계절이 바뀌고 풍경 마저 바뀌어버린 것이다. 아치가 떠나던 그날, 하늘은 왜 그리 맑고 투명했던지. 마치 남쪽으로 날아간 새들의 흔적마저 보일 정도였다고나 할까. 그런 느낌 때문일까. 조셉은 아치를 만류하고 나섰다. 지금 보냈다간 영영 아치를 볼 수 없을 것 같아서였다. 형, 나도 이젠 성인이야. 결정한 걸 존중받아야 하고 책임져야 할 나이라구. 아치가 정색을 하며 되받아쳤다. 스무 살치고는 너무 어리석은 결정이라 이렇게 조언하는 거잖아! 제발, 형이나 목사님처럼 굴지 마, 그래봤자 나보다 한 살밖에 더 많아? 말은 바로 해, 너보다 한 살씩이나 많아. 됐어, 마지막까지 언성 높이며 헤어지고 싶진 않아. 그러고는 아치는 발밑의 더플백을 찾아 쥐더니 플랫폼을 향해 걸어갔다. 고집스런 어깨와 몸피. 그러고 보니 조셉의 말이라면 아버지처럼 믿고 따르던 그런 동생이 아니었다. 아그네스 때문이라면 내가 다시 생각해볼게! 조셉이 아치의 등을 향해 소리쳤다. 아치가 걸음발을 멈춰 서더니 고개를 돌렸다. 이제 다 끝난 일이야, 대신 농장 땅이나 물색해놔. 잘 있어, 형! 아치는 독일 병정처럼 거수경계를 올려붙이고는 가던 길을 재촉해버렸다. 그렇게 도망치듯 전선으로 떠난 동생. 아치가 떠난 후 가족들은 점점 말수가 줄어갔다. 즐거운 일은 하나도 없었고 겨우 살려낸 웃음도 소낙비 맞은 장작불처럼 피식 꺼지기 일쑤였다. 이 모든 게 조셉을 힘들게 만들었다.

한국에서 타전한 유엔연합군 소식에 의하면 곧 전쟁이 끝날 듯했다. 하지만 중공군이 개입하면서 전선에 이상기류가 발생하고 말았다. 승승장구하던 연합군은 작전상 북한 지역의 철수를 감행하기에 이르렀다. 생각보다 전쟁이 오래갈 수 있었다. 상황이 급박해지자 어머니는 트랜지스터라디오 앞에 달라붙어 떠날 줄을 몰랐다. 거리 곳곳에는 대대적인 연합군 자원입대 모집 공고까지 나붙었다. 조셉이 퇴근하여 집으로 들어섰을 때, 어머니가 달려와 그의 손을 붙잡고 말했다. 글쎄, 아치랑 같이 입대한 마틴이 죽었다고 오늘 오후에 전사통지서가 왔다는구나. 이 일을 어쩌면 좋니? 아치는 그렇게 쉽게 죽지 않아요. 그걸 네가 어떻게 단정하니? 그건 아치가 돌아와 가족과 함께 젖소의 젖을 짜야 하니까요. 게다가 녀석은 총도 제대로 쏠 줄 모르니 전선에 내보내지도 않을걸요? 그랬으면 다행이겠지만 지원병을 또 모집한다니 개라고 총 안 쏘고 배기겠니? 어머니는 금세 두 눈을 붉혔다. 조셉 또한 아치가 걱정되지 않는 건 아니었다. 다만 어머니 앞이라 애써 드러내지 않았을 뿐이다. 조셉은 집 밖으로 나섰다. 내처 지원병 모집 센터를 겸하고 있는 보건소로 향했다. 근무 시간이 넘었지만 소장은 아직 퇴근하지 않았는지 불이 켜져 있었다. 조셉이 문을 두드리자 소장이 불쾌한 얼굴로 나타났다. 조셉, 설마 근무 시간을 착각한 건 아니겠지? 그럼요, 그냥 사적인 일로 온 거니까 신경 쓰지 마세요. 자네가 온 걸로 봐선 은근히 신경 쓰이는걸? 소장은 테이블 위에 놓은 휴대용 위스키 병을 집어 한 모금을 들이켰다. 용건만 말하게, 저녁에 약속이 있어 나가려던 참이야. 고약한 술버릇으로 마을에 명성이 자자하니 그 약속이란 게 짐작이 가고도 남았다. 동생과 같은 부대에 소속될 수 있다면 자원할까 싶어서요. 소장은 흐음, 헛기침을 한 후 대답했다. 프린세스 패트리셔연대 소속임은 분명하지만 그다음 일은 나로서도 장담할 수 없네. 제2차 세계대전 참전 의무병 출신답게 소장이 애매한 답변을 내놓았다. 소장은 다시금 위스키 병을 입에 가져다 댔다. 그나저나 부모님과 상의는 해봤는가? 아버지는 누구보다 자유와 평화를 사랑하는 분이시죠. 그렇지, 그러니 아들을 둘씩이나 전선으로 보내겠지. 암튼, 자네가 프린세스 패트리셔연대 대원이 된 걸 환영하네. 소장이 먼저 손을 내밀었고 두 사람은 악수를 했다.

이그나스의 겨울은 잔인했다. 눈이 쏟아지면 끝도 없이 쏟아졌다. 조셉이 호수를 에둘러 난 길로 접어들자 눈앞에 꽁꽁 언 수면이 펼쳐졌다. 빙판이 된 호수를 보자 아치 생각이 났다. 둘은 호수가 얼기 무섭게 단풍나무 스틱을 쥔 채 빙판으로 향했었다. 비록 캔을 찌그러뜨려 만든 하찮은 하키볼이었지만 그것만으로도 즐거웠다. 두 사람은 마치 캐나다 아이스하키 대표선수가 된 것처럼 종일 빙판을 누볐다. 아치는 형제이기 이전에 마음이 맞는 한 팀의 콤비였다. 뿐인가, 계절이 바뀌어 여름이 오면 호수는 다시 수영장이 되었고 가을이면 송어를 낚는 낚시터가 되기도 했다. 호수 주변의 숲은 또 어떤가. 마을 사람들의 나들이 장소이자 젊은 연인들의 은밀한 데이트 장소였지 않았던가. 조셉은 고개를 들어 삼나무 숲을 바라보았다. 숲 어딘가에서 아치가 아그네스와 말다툼이라도 하고 있을 것만 같았다. 털레털레 걷던 조셉은 아그네스의 집이 나타나자 걸음을 멈췄다. 고개를 들어 아그네스의 방을 올려다보았다. 아그네스는 마치 조셉이 나타나기를 기다렸다는 듯 창가로 얼굴을 내밀었다. 잠깐만 시간 좀 내줄 수 있겠어? 아그네스가 고개를 끄덕여 보였다. 그럼, 교회에서 기다리고 있을게. 조셉은 몸을 돌려 교회 쪽으로 향했다. 아장거리던 코흘리개 아그네스가 성숙한 엉덩이를 실룩거리는 숙녀가 되리라고는 예상치 못했다. 제 엄마를 닮아 블라우스 밖으로 터질 듯한 풍만한 가슴과 잘록한 허리까지 휘두르며 거리를 거닐면 사내들은 다들 아그네스의 뒤태를 살피느라 눈을 떼기 힘들었다. 아름다운 여인과의 사랑, 그걸 누군들 꿈꾸지 않으랴. 조셉도 마찬가지였다. 그런데 아치가 아그네스를 사랑하고 있다고 말했을 때 조셉은 모든 걸 포기했다. 하지만 아치는 그런 조셉의 마음을 헤아리지 못했다. 그게 마음 아팠다. 교회당 안으로 들어선 조셉은 의자에 앉아 두 손을 모은 채 눈을 감았다. 기도를 하고 있을 때, 등 뒤에서 인기척이 났다. 잠시 뒤 아그네스가 곁에 다가와 앉았다. 그는 기도를 끝냈지만 눈을 감은 채 그대로 가만히 앉아 있었다. 언제까지 대답을 기다려야 돼? 참다못한 아그네스가 먼저 입을 열었다. 기다리게 한 적 없어. 그럼 분명히 말해줘, 날 사랑하는지 사랑하지 않는지. 조셉은 잠깐 흔들렸다. 아그네스를 향해 사랑한다고 말하고 싶었다. 하지만 그는 그 말을 삼켜야 했다. 난 널 사랑하지 않아. 거짓말, 아치 때문에 거짓말한다는 거 나도 다 알고 있어. 아치는 좋은 애야, 너도 잘 알잖아? 난 잘 몰라. 아치가 오면 잘 알게 될 거야. 조셉은 그 말을 끝으로 의자에서 일어섰다. 그리고 교회문을 나섰다. 아그네스와 작별치고는 원치 않던 방식이었다. 하지만 그녀를 만났으므로 나쁘지 않다고 생각했다.

한산하기만 하던 이그나스역이 붐비고 있었다. 플랫폼은 자원입대를 하는 젊은이들과 가족들로 발 디딜 곳이 없을 정도였다. 조셉의 어머니는 끝내 역에 나타나지 않았다. 자원입대 소식을 듣고 도리머리만 치던 어머니. 도대체 너희들이 내 자식인 건 맞긴 한 거냐며 소리치던 어머니의 모습이 눈에 선했다. 동생을 지키려 전선으로 떠난다는 말에 어머니는 더 이상 붙들 수 없음을 깨닫고는 푸른색 파자마 한 벌을 건넸다. 멀리서라도 자식의 잠자리를 걱정하는 어미의 심정, 그게 어머니의 사랑임을 어찌 모를까. 그랬기에 조셉은 푸른 파자마를 잊지 않고 가방 깊숙이 챙겨 넣었다. 그런 다음 아치를 만나면 건네줄 아그네스의 사진을 다시 한 번 확인했다. 부디 몸조심하거라. 곁에 섰던 아버지가 말했다. 걱정하지 마세요, 제가 꼭 아치의 손을 잡고 돌아올 테니까요. 그래, 그래야지. 멀리서 기적이 울며 기차가 다가오고 있었다. 그는 아버지와 긴 포옹을 했다. 어린 남동생 레슬리와 로널드는 맏형이 기차 트랩을 오르는 사실도 잊은 채 놀이에 빠져 있었다.

*

조셉이 기차를 타고 훈련소로 향하던 그 시각, 아치가 속한 2PPCLI(Princess Patricia's Canadian Light Infantry 제2대대)는 영연방 제27여단에 배속받고 작전명 킬러작전(Operation Killer) 수행 준비에 여념이 없었다. 제군들, 이제 444고지의 적들을 소탕하러 간다, 각자 나눠준 장비들을 빠짐없이 챙기도록, 이상! 소대장 마이크 레비가 소리쳤다. 이제 본격적인 전선에 투입되는 셈이었다. 대원들은 긴장된 눈빛으로 각자 군장을 꾸리기 시작했다. 아치는 불과 몇 개월 사이에 달라져버린 자신의 삶을 생각했다. 그러니까 아치가 고향을 떠나 입대한 것이 지난 1950년 9월 7일의 일이었다. 6주간의 훈련을 마친 그는 미국의 시애틀항으로 이동했다. 그곳에는 그들을 이국의 전쟁터로 데려다줄 미군의 구축함 세 척이 기다리고 있었다. 구축함에 승선한 것이 11월 25일. 장장 23일간의 기나긴 항해 끝에 이국의 작은 항구도시 부산에 도착했다. 크리스마스를 일주일 앞둔 12월 18일이었다. 그때까지 아치가 전쟁이 일어난 코리아라는 나라에 대해 들은 거라고는 일본의 식민지였다는 사실뿐이었다. 그걸 증명하기라도 하듯 구축함에서 내렸을 때에는 일본식 가옥들이 눈에 걸렸다. 이곳이 일본인들의 집단적 거주지였다는 사실은 며칠 뒤에 알았다. 하지만 그것 빼고는 모든 게 평화로워 보였다. 어쩌면 그 이유가 흰옷을 입은 사람들과 둥글둥글하게 생긴 낮은 지형 탓인지 모른다. 이런 곳이 평화를 잃고 전쟁 중이라니 믿기지 않는군. 곁에 있던 빅토르가 중얼거렸다. 빅토르의 말에 아치 또한 고개를 주억거렸다. 하지만 이제 모형이 아닌 살아 있는 적을 향해 총구를 겨누어야 할 시각이다. 아치는 자신이 정말 사람을 죽이는 킬러가 되어야 한다는 것이 믿어지지 않았다. 자, 각자 배정된 트럭에 탑승한다, 실시! 아치는 잠시 머뭇거렸다. 하지만 돌아서기에는 너무 늦었다. 과거의 문은 닫혔고, 그 문 앞에서 망설이는 일이야말로 가장 어리석은 일이니까.

전쟁은 곧 끝날 거라고 했다. 총 한 발 안 쏘고 뒷정리 작업만 하다가 올 것이니 안심하라고 대대장마저 흰소리를 쳐댔다. 하지만 아치가 부산으로 향하던 사이, 상황은 역전되고 말았다. 승리를 앞둔 연합군은 T-34전차를 앞세워 게릴라식 인해전술로 밀고 내려오는 26만의 중공군 앞에서 머뭇거리는 중이었다. 그러다가 작전상 북한 지역에서 철수하라는 명령마저 떨어졌다. 기세등등해진 중공군은 서울까지 쳐들어오면서 연합군은 졸지에 수세에 몰렸다. 며칠 뒤, 탈환한 서울마저 도로 적의 수중에 넘겨주고 말았다. 아치가 속한 2PPCLI는 서울을 재탈환하기 위해 의정부 부근 지평리 444고지를 점령해야만 했다. 444고지를 뚫어야만 서울로 진격할 수 있었다. 목표지점이 점점 가까워지자 조셉은 긴장감으로 아랫배가 싸르르 아려왔다. 연합군이 접근하자 마치 기다리고 있었다는 듯이 중공군 진지로부터 포탄이 날아왔다. 아치의 발 앞에서 포탄이 흙먼지를 일으키며 터졌다. 순간 아치는 나무 밑으로 몸을 날렸다. 바지춤이 젖어 있다는 것도 몰랐다. 드디어 평화를 갉아대는 벌레들과 맞닥뜨렸군. 저놈들을 슬슬 박멸해볼까? 2차 세계대전에 참전한 노회한 마이크 레비 소대장의 말이었다. 레비 소대장은 전투 대형을 유지할 것을 당부했다. 대원들은 소총의 잠금장치를 확인한 후 철모를 더 깊이 눌러썼다. 무전을 받은 기갑부대로부터 적의 참호를 향한 엄호사격이 시작됐다. 기다렸다는 듯이 소대장으로부터 돌격 명령이 떨어졌다. 연합군의 고지 침투가 재개되자 중공군의 기관총이 불을 뿜었다. 곁에 있던 헨리의 입에서 으윽, 소리가 났다. 놀라 돌아보니 헨리가 가슴에 검붉은 피를 쏟으며 쓰러져 있었다. 이봐, 헨리! 괜찮아? 헨리는 숨이 가쁘다며 가슴을 쥐어뜯더니 잠시 뒤 숨을 멈췄다. 그가 겪은 첫 번째 죽음이었다. 동료가 쓰러지자 아무 생각이 없었다. 오로지 적을 죽이지 않으면 내가 죽는구나 하는 생각뿐이었다. 그때 와와, 소리가 들렸고 대응사격 소리 또한 멎어 있는 것을 알았다. 첫 전투의 결과, 동료 넷이 그의 곁을 떠났다.

삶은 하루 만에 달라질 수 있다. 아치의 삶이 그랬다. 생애 첫 전투에서 같이 웃고 떠들던 전우가 죽자 아치의 생각도 달라졌다. 적을 죽이지 않으면 내가 죽는 것이 분명하다는 사실과 살아 고향으로 돌아가려면 적이야말로 무조건 총으로 쏴 죽여야 하는 야생동물에 불과할 뿐이라는 것을. 444고지 점령은 그런 의미에서 아치의 인생을 바꾸게 된 시작점이자 출발선이었다. 아치의 부대는 적의 발자국에 자신의 발자국을 보태면서 계속 북진했다. 피란민 대열은 더욱 늘어났다. 일부 피란민들은 연합군 부대까지 달려와 구걸의 손을 뻗기도 했다. 그런 와중에 서울을 재탈환했다는 기쁜 소식이 날아들었다. 이번 기회에 아예 압록강까지 다시 치고 올라가자구! 빅토르가 호기롭게 말했다. 여긴 우리 조국이 아니야, 살아서 고향으로 돌아가는 게 중요해. 곁에 있던 레오가 진중하게 되받아쳤다. 레오의 말에 어딘지 모르게 비겁한 냄새가 나는 듯했다. 하지만 그 모든 게 힘들다는 건 가평에 와서야 알게 되었다. 적이 방어선을 치고 그들을 다시 기다리고 있었던 것이다.

가평지역은 적에게나 연합군에게나 결코 양보할 수 없는 전략적 군사 요충지였다. 중공군이 서울을 재침공하려면 이 지역을 통과해야 했고, 연합군 측에서는 이 지역을 방어하지 않으면 서울의 안전을 도모할 수 없었다. 아치의 부대는 계곡의 맞은편 677고지에 진지를 구축했다. 계곡을 사이에 두고 대치 상태에 들어갔다. 그 사이 매서운 바람은 온기를 품기 시작했고, 수목들은 전쟁에도 아랑곳없이 새순을 밀어 올렸다. 봄이 와서 좋은 건 딱 하나뿐이었다. 떨지 않고 깊이 잠들 수 있다는 것. 하지만 그런 잠자리는 오래가지 않았다. 중공군 사령관에 새로 임명된 펑더화이(彭德懷)가 수도 서울을 재차 점령하기 위해서 춘계 대공세를 펼친 것이다. 이 공격으로 서울의 북동쪽 사창리 지역이 무너지면서 가평으로 가는 길이 무방비 상태로 노출되고 말았다. 연합군은 신속히 방어 작전을 수립했다. 얼마 지나지 않아 중공군이 떼를 지어 몰려왔다. 이건 뭐 죽여야 할 놈들이 여기 있는 산천초목보다 더 많군. 빅토르가 놀란 표정으로 빈정거렸다. 1951년 4월 23일의 밤은 맑았지만 추웠다. 북향의 산비탈 위에는 여전히 잔설이 남아 있었다. 밤 9시 30분, 중공군 제20군은 박격포와 자동화기를 동원하여 호주군과 캐나다군을 상대로 대대적인 공격을 감행했다. 제임스 R. 스톤 중령의 지휘를 받은 캐나다군은 그 자리에서 죽을 각오로 고지를 지켰다. 고지로 파고들면 수류탄을 던졌다. 그렇게 4월 25일 새벽까지 버텼다. 중공군의 포격 소리가 서서히 멎었고, 더 이상 게릴라식 침투도 없었다. 그제야 적이 이곳을 포기하고 물러섰다는 것을 알았다. 아군의 피해는 심각했다. 고향으로 돌아가길 원하던 레오는 끝내 이곳에서 발걸음을 멈춰야 했다. 아치가 속한 소대원 중 살아남은 자는 빅토르와 그, 단 둘뿐이었다.

*

아치가 참호를 파고 방어선을 더욱 공고히 하고 있던 5월 6일, 캐나다 제25여단이 부산항에 도착했다. 전력 보강이 절실했던 유엔의 요구로 캐나다에서도 연단급의 대대적인 파병이 이뤄졌던 것이다. 25여단에는 아치의 형, 조셉도 들어 있었다. 조셉의 부대는 도착하자마자 미 제1군단에 배속되었다. 그리고 곧장 전선으로 이동해 퇴각하는 중공군 추격에 나섰다. 운천 부근으로 진출하여 5월 30일에는 의정부 자일리를 공격하였으나 각흘봉 일대에 강력한 거점을 구축한 중공군의 저항으로 공격에 실패했다. 그러자 캐나다 제25여단은 덕정 서쪽의 양지말로 이동하여 2PPCLI와 합류한 후 7월 28일 영연방 제1사단에 다시 배속되었다. 신이 이제 나의 기도를 들은 모양이군. 조셉의 말에 곁에 있던 보우먼이 되물었다. 자넨 전쟁의 목적이 동생을 구하는 일인 것 같군. 그래, 동생을 기다리는 사람들이 너무 많거든. 그럼, 자네를 기다리는 사람은 없는가? 나를 기다리는 건 이그나스의 무뚝뚝한 기차뿐이라네. 조셉이 보우먼을 향해 지그시 웃었다. 하지만 조셉의 기쁨은 잠시였다. 전선은 사사로운 형제간의 상봉을 허락할 처지가 아니었다. 25여단은 10월 3일 임진강 북쪽의 주항선을 확보할 목적으로 코만도작전(Operation Commando)을 개시하면서 소대별로 나뉘어 전투에 임해야 했던 것이다. 사실, 이동 중에 낯선 부대의 대원을 만나면 조셉은 먼저 달려가 묻곤 했다. 혹시 아치볼드 허시 대원을 아느냐고. 하지만 동생 아치를 아는 사람은 없었다. 그렇다고 동생 때문에 명령을 어기고 참호 밖으로 뛰어나올 수도 없었다. 조셉은 잠시 참기로 했다. 어차피 같은 부대에 소속돼 있으니 곧 만날 터이므로.

감제고지를 확보하라는 명령이 떨어졌다. 조셉의 소대는 감제고지 왼쪽에서 공격을 시작했다. 포병부대의 선제 지원사격이 이뤄지면 조금씩, 조금씩 고지로 접근해나갔다. 하루에 겨우 5미터도 나아가지 못하는 날도 있었다. 일주일 가까이 공격해도 성과가 없자 본격적인 침투명령이 하달되었다. 공격명령이 조셉에게 전달되던 그때, 아치는 고지 오른쪽에서 적을 향해 파고드는 중이었다. 캐나다 보병들이 고지를 에워싼 채 접근해 오자 중공군도 가만있지 않았다. 대대적인 포격을 퍼붓기 시작했다. 그때 중공군의 포탄 하나가 보우먼과 조셉 사이에서 떨어졌다. 쾅, 소리와 함께 보우먼의 몸이 허공으로 날아올랐다. 보우먼! 소리를 치던 조셉은 오른쪽 어깨에 감각이 없다는 걸 알았다. 이미 그의 어깨가 보우먼을 따라 허공으로 날아간 모양이었다. 조셉은 오른쪽 어깨를 타고 내려오는 고통에 신음조차 제대로 낼 수 없었다. 잠시 후 조셉은 의식이 흐려졌다.

조셉이 피격된 그 시각, 아치는 감제고지 정상에 올라 있었다. 도망갈 기회를 잃은 적들은 두 손을 든 채 참호 밖으로 기어 나와 무릎을 꿇었다. 아군의 피해 상황이 보고되었다. 소대원 몇이 이번 전투에서 또 보이지 않았다. 대원들에게 재차 명령이 주어졌다. 점령한 고지를 사수하라. 아치가 속한 소대는 적이 파놓은 참호에 제 몸을 밀어 넣었다. 맞은편 고지에 방어선을 재차 구축하고 있는 적들의 모습이 눈에 띄었다. 아치가 참호를 정비하고 있을 때, 대대장 제임스 R. 스톤 중령이 찾는다고 했다. 아치는 무슨 일인가 싶어 털레털레

본부 막사로 향했다. 자네가 아치볼드 허시 대원인가. 옛썰! 아치가 대답하자 대대장이 다시 물었다. 형의 이름은 뭔가? 예, 조셉 윌리엄 허시입니다. 으음, 하며 대대장이 고개를 주억였다. 지금 바로 야전병원 막사로 가보게, 형이 기다리고 있네. 예? 아치가 눈을 치떴다. 형이 이 먼 곳까지 면회를 왔을 리 없었다. 어서 가보게, 후송되기 전에 만나고 싶다면 말일세. 아치는 허겁지겁 야전병원 막사로 달려갔다. 야전침대에 온몸을 붕대로 칭칭 감고 누운 사람. 분명히 그 환자는 자신의 형 조셉이었다. 형! 의식을 잃은 채 눈을 감고 있던 형의 눈꺼풀이 떨렸다. 동생의 목소리를 알아차린 모양이었다. 형이 여긴 왜 왔어? 왜 왔는지 말해보라고, 응? 부상이 너무 심해 제 눈조차 뜨지 못하니 대답할 리 만무했다. 그저 할 수 있는 일이라고는 형의 남은 왼손을 붙잡은 채 눈물을 흘리는 것밖에는.

이건 자네 형의 유품이라네. 대대장이 아치에게 건넨 것은 푸른 파자마 잠옷과 환하게 웃고 있는 사진 한 장이 전부였다. 사진 속 아그네스를 보자 지난 일이 한꺼번에 몰려들었다. 어릴 적 같이 뛰놀던 마을의 거리와 데이트를 하던 호숫가의 숲. 그리고 틈만 나면 달려가던 그녀의 이층방까지. 하지만 아그네스가 형을 좋아한다는 말에 그는 두말없이 전선을 택했다. 형을 보지 않아야 형을 미워하지 않을 것 같았기 때문이었다. 그런데 아그네스와 결혼해 행복하기를 빌었던 형이 이곳에 오다니. 형은 왜 스스로 사지를 찾은 것일까. 아치는 우연히 사진 뒷면을 보는 순간 깨달았다. 형이 자신을 얼마나 사랑하는지를. 사진 뒤에는 형이 쓴 필적이 고스란히 남아 있었다. 사랑하는 내 동생의 연인 아그네스! 아치는 형 앞에 무릎을 꿇은 채 고개를 들 수 없었다. 형이 후송된 후 그 또한 후방의 보급부대로 전출 명령을 받았다. 아치는 알고 있었다. 이 모든 일이 모두 형 덕분임을.

지루하게 끌던 휴전회담이 타결되었다. 아치는 군 생활을 끝내고 귀국선을 탔다. 그립고 그립던 고향에 도착해 가족들을 만났다. 레슬리는 청년이 되어 있었고, 막냇동생 로널드는 이마에 여드름이 막 돋고 있었다. 고향에 돌아온 아치는 가족들과 모처럼 단란한 생활을 즐겼다. 하지만 그건 잠시였다. 평화롭다는 것 자체가 이상하게 느껴지기 시작했던 것이다. 특히 막내 로널드를 볼 때마다 조셉 형의 모습이 눈에 선했다. 그 정도로 로널드가 형을 닮았던 것이다. 미국, 영국, 다음으로 많은 병사를 보낸 캐나다. 참전한 대원 26,791명 중 사망자는 516명. 그중에 형이 포함된 것이 순전히 그의 책임인 것만 같았다. 더군다나 아그네스와 결혼까지 하게 되자 그 죄책감을 이루 말할 수 없었다. 형의 모든 것을 자신이 빼앗은 것만 같았다. 자괴감이 들 때마다 아치는 캔맥주로 혀를 헹궜다. 그래도 화약 냄새는 가시지 않았다. 잠이 들면 형이 참호 속으로 파고들었다. 형, 오지 마! 여긴 위험하다구! 그렇게 소리쳐도 형은 꿈쩍도 하지 않고 서서 웃기만 했다. 죽을 수도 있단 말야! 형을 밀치다 보면 형의 오른쪽 어깨와 팔이 그냥 주르륵 흘러내렸다. 그뿐만이 아니었다. 어떤 날은 다가오는 형을 향해 주먹을 날리기도 했다. 그런 악몽을 꾸고 일어나 보면 그의 오른쪽 팔과 어깨가 아팠고 온몸은 긁힌 자국과 멍투성이로 변해 있었다. 아마 몸부림치다가 침대나 벽에 부딪친 모양이었다. 다른 사람과 달리 유독 그만 이렇게 전선을 헤매는 것인지 아치 자신도 알 수 없었다. 농장 일에 점점 흥미를 잃어갔다. 당신, 아무래도 병원에 가봐야겠어요. 참다못한 아그네스가 말했다. 난 괜찮아, 그저 악몽을 꿀 뿐이야. 그런 악몽을 매일 꾸는 게 문제잖아요. 아그네스의 말에 아치는 병원에 가지 않을 수 없었다. 외상후스트레스장애. 하지만 약을 장복해도 악몽은 사라지지 않았다. 그런 와중에 고맙게도 사랑스런 딸아이 데비가 태어났다. 데비가 태어나자 아치는 마치 어두운 곳을 헤매다가 밝은 곳으로 나온 것처럼 정신이 맑아졌다. 문제는 젖소들이 이미 남에게 넘어간 다음이란 거였다.

미국 경기가 살아나면서 덩달아 캐나다에서도 건축 붐이 일었다. 이그나스역은 근처의 숲에서 벌목한 수송용 목재들로 발 디딜 틈이 없었다. 어느 날, 역장이 아치의 집으로 찾아 왔다. 역무원이 필요하다네, 그런데 자네 형 생각이 나지 뭔가. 아치는 내일이라도 당장 출근하겠다고 했다. 데비를 위해서라도 일을 해야 할 처지였으므로 부러 그를 찾아준 역장이 고마웠다. 역장이 찾아오기 전, 그는 입대 전에 했던 탄광 일을 다시 해볼까 고민 중이었다. 다만 그런 결단을 망설인 건 기침 때문이었다. 이상하게 탄광만 떠올리면 기침이 터졌던 것이다. 그런 터에 형 덕분에 일터가 생겼다. 다음 날 아침 일찍 출근한 아치는 눈앞에 서 있는 역사를 보자 또 형의 모습이 생각났다. 마치 이 모든 순서가 형이 미리 마련해놓은 것만 같았다. 그런 마음 탓일까. 아치의 발걸음은 저절로 형이 근무하던 이 층 사무실로 향하고 말았다. 형의 자리는 이미 다른 사람이 차지하고 있었다. 직원은 아직 출근 전인지 보이지 않았다. 아치는 천천히 다가가 형의 자리에 앉았다. 그러다가 책상 위에 놓인 유리테이프를 발견했다. 테이프를 보는 순간 그도 모르게 테이프에 손이 갔다. 아치는 테이프를 뚫어져라 내려다보다가 고개를 들어 창을 바라보았다. 창은 묘한 실금이 가 있었고 그 금을 따라 투명 유리테이프가 붙어 있었다. 붙인 지 제법 오래되었던지 접착력을 잃고 너덜너덜하게 일어나 있었다. 저걸 누가 붙였을까. 혹시 형이 붙인 것은 아닐까. 아치는 한동안 테이프를 쥔 채 멍하니 서서 깨진 유리창을 바라보았다. 그러다가 자신도 모르게 테이프를 주머니에 집어넣고 말았다.

아치는 형 생각이 날 때마다 사무실에 들렀다. 특히 형이 죽은 10월이 다가오면 더더욱. 10월 9일. 그날을 어찌 잊을까. 형은 그날 전투에서 부상을 입었고, 후송된 지 사흘 만에 하늘나라로 전선을 옮겨버렸다. 그리고 형의 유해는 10월 27일 유엔묘지에 안장되었다. 형의 자리에 앉으면 이상하게 자신이 형의 삶을 살고 있다는 생각이 들었다. 그런 날이면 술 생각이 간절했다. 낮에는 기침으로, 밤에는 술로 속을 달래는 나날들. 그러다가 첫눈이 내린 날, 아치는 도저히 기침을 멎을 수 없는 상태에 빠지고 말았다. 폐에 구멍이 뚫려 심한 손상을 입었다는 의사의 검진 결과를 믿을 수 없었다. 간이면 몰라도 폐질환이라니. 아치는 결국 직장을 그만두었다. 다행인 것은 역무원으로 일하면서 데비를 독립시켰고, 경제적으로 아내를 궁핍하게 만들지 않았다는 점이었다. 졸지에 그는 침대를 병상 삼아 누워 지내는 신세가 되고 말았다. 살아 있었지만 겨우 살아 있었고, 내일 살아 있을지 알 수 없는 나날의 연속이었다. 병상에 누워 있던 어느 날, 캐나다 재향군인회에서 기별이 왔다. 한국에서 보은의 일환으로 참전용사인 그를 초청한다는 거였다. 그는 낯선 타향에 묻힌 형 생각에 당장이라도 달려가고 싶었다. 하지만 그는 비행기를 세 번이나 갈아타야 하는 장거리 여행이 무리인 중증의 몸으로 전락해 있었다. 데비, 네가 대신 가서 안부 좀 전해주고 오지 않으련. 네겐 또 한 사람의 아버지나 마찬가지니까. 데비는 알겠다며 선뜻 아비의 뜻을 받아들였다.

데비는 장거리 여행의 피곤함도 없는지 표정이 밝았다. 좋은 여행이었던 모양이구나. 네, 정말 아버지의 자랑스러움을 느낀 알찬 여행이었어요. 그래? 그렇다면 다행이구나. 이것 좀 보실래요? 아버지에게 보여드리려고 제가 직접 찍어 왔어요. 데비는 아치의 눈앞에 한 장 한 장 사진을 펼쳐 보였다. 사진을 일별하던 아치가 놀라 물었다. 세상에, 이곳이 그 전쟁터 코리아란 말이냐? 눈앞의 정경을 믿을 수가 없었다. 전쟁으로 민둥산이고 폐허였던 곳이 60여 년 만에 이렇게 고층 빌딩에 정돈된 모습으로 바뀔 줄이야. 아치는 사진을 보는 내내 그곳의 자유와 평화를 지킨 것이 무엇보다 자신의 인생에 가장 값진 일이 될 줄은 몰랐다. 이런 나라가 되었다고 하면 저승에 있는 형도 얼마나 뿌듯해할까. 데비, 이 아비가 죽으면 조셉 형과 함께 있고 싶구나. 그렇게 해줄 수 있겠니? 데비는 아비의 마음을 알고 있는지 진중하게 고개를 끄덕여 보였다. 아치는 마치 유언을 빨리 실행에 옮겨달라는 듯, 급히 자신의 생을 마감했다. 손에 아주 오래된 낡은 테이프를 싸쥔 채. 데비는 유언대로 큰아버지 조셉의 무덤에 아버지의 유골을 합장했다. 유엔묘지 역사상 여섯 번째 합장이었고,

부부가 아닌 형제간의 합장으로는 처음 있는 일이었다. 두 사람의 묘비에는 이렇게 적혀 있다.

"형제로 태어나 전우가 되었다가 영원히 함께하다."

마지막 숨바꼭질

강서구 대저동 적산가옥 이야기

언니, 나도 이제 칠성판 질 때가 됐나 봅니다. 요즘엔 옛날 일이 자꾸 떠오르고 사나운 꿈마저 꾸어대니 말입니다. 간밤엔 무슨 꿈을 꿨는지 아세요? 세상에, 참말로 해괴망측한 꿈도 다 있지요. 아, 글쎄 입에서 자꾸 뼈가 쏟아져 나오는 게 아니겠어요? 손으로 뼈를 빼내면 또 뼈가 나오고 그걸 다시 빼내면 또 나오고. 정말 끝도 없이 뼈가 쏟아져 몸의 뼈란 뼈는 죄다 입으로 빠져나오는 줄 알았어요. 난 그게 너무 무서워 고개를 들어 주위를 둘러보았지요. 그런데 거기가 어딘 줄 아세요? 바로 언니가 살던 미우라 상의 배나무 과수원이었답니다.

과수원은 때마침 봄을 맞아 희디흰 배꽃이 만발했더군요.

언니도 알다시피 이곳 일대는 죄다 배나무 과수원이 있었잖아요? 봄이면 설경처럼 펼쳐지는 배꽃의 장관이 너무 좋아 멀리 가마야마(부산)에 살고 있는 일본인들까지 구경하러 몰려왔구요. 눈앞에 하얀 배꽃이 필 때만큼은 우리같이 궁벽하게 사는 사람들조차 코딱지만 한 채마밭을 일구다가 눈길을 과수원 쪽으로 내몰곤 했었지요.

언니가 일하던 미우라 상의 과수원은 이곳 일대에서 제일 규모가 컸지요. 제일, 제이, 제삼 과수원을 경영할 정도였으니까요. 그런 양반이니 저택의 크기도 근동에서 돋보였습니다. 우리는 우람한 금강송으로 지은 그 저택을 목조탑처럼 우러러보곤 했지요. 그런 양반이 성질은 왜 그리 괴팍하던지. 언니도 미우라 상을 '미워라 쌍, 미워라 쌍'이라고 혀를 내둘렀을 정도니 아이들이야 오죽했겠습니까. 그런 미우라 상의 과수원에 내가 와 있으니 더럭 겁이 났습니다. 후다닥, 과수원을 빠져나와 '덕다리'로 달음박질쳤습니다.

덕다리라는 옛 마을 이름을 모처럼 입에 올리니 언니가 웃던 모습이 생각나네요. 언니는, 다리도 없는데 무슨 마을 이름이 덕다리냐며 깔깔거렸죠. 하긴 언니는 이곳에서 태어나지 않았으니 웃음이 터진 건 당연했는지 몰라요. 그 바람에 나는 어른들에게서 들은 지명의 유래를 그대로 언니에게 들려주어야 했지요. 덕다리는 원래 '덕당이'였다, 덕당이는 '나룻배가 닿는 둔덕'이란 뜻인데 한자로 지명을 표기하면서 덕두리가 되었다고 말입니다. 아마 그게 빌미가 되어 나는 꽤 오랫동안 '큰 물가의 모래섬'이 대저도가 된 내력이며 미우라와 같은 일본인이 우리 노전(蘆田)을 차지한 것까지 얘기하게 되었을 겁니다.

언니, 언니에게 말하지 않았지만 우리 가족 또한 미우라상과 같은 일본인만 오지 않았다면 불행이란 단어는 모르고 살았을 겁니다. 조상 대대로 이곳에 살면서 비록 가난했지만 그건 조금 불편했지 억울할 것까지는 없었을 테니까요. 언니도 들어봤잖아요, '동척'이라고. 내가 태어나기 이십여 년 전에, 한일 합작으로 세워진 동양척식주식회사는 식산 산업의 융성을 빌미로 이곳의 땅을 무상으로 제공받아 개발하기 시작했다더군요. 정지한 땅은 일본인들에게 싸게 불하되었구요. 일본의 농부들은 이곳으로 몰려와 살 집을 짓고 배나무를 심은 거지요.

그들이 처음 이곳에 왔을 때만 해도 잘 교육받은 사람처럼 친절했답니다. 비굴할 정도로 허리를 굽실거리며 무슨 말이든 하이, 하이 하며 웃어대면서. 그러던 그들이 강제합병이 되자 조선인을 소 닭 보듯 하면서 나머지 삼각주마저 집어삼키기 시작했습니다. 땅을 개발할수록 일본인들의 수도 늘어났구요. 일본인들은 구포와 연결다리를 놓고 강의 입구에 수문까지 만들어 붙임으로써 거대한 강줄기마저 틀어버렸지요. 본류였던 서낙동강은 그렇게 해서 수문에 갇힌 처지가 되었고, 감동진(구포의 옛 지명)까지 오가던 아버지의 나룻배 또한 쓸모 없어졌습니다. 어린 나는 그런 아버지의 한숨도 눈치채지 못하고 큰 구경거리를 만난 듯 다리와 수문 근처만 싸돌아다녔죠. 아마 그때쯤 언니를 만났을 겁니다. 언니는 미우라 집의 부엌데기가 된 것만 해도 대단한 행운을 얻은 것처럼 기뻐했지요. 하지만 그런 기쁨은 오래가지 않았습니다.

미우라 상은 욕심이 대단한 양반이었습니다. 온종일 과수원에 서서 '빨리빨리'와 '어서어서'를 외치며 일꾼들을 닦달해댔지요. 용케 그 조선말만은 익혀서 말입니다. 썩은 배라도 입에 대는 날에는 배 값을 그대로 품삯에서 제해버리기도 했지요. 그렇게 채근해서 수확한 배들은 구루마에 실어 구포역으로 가져갔습니다. 언니도 알다시피 이곳의 배는 정말 인기가 많았잖아요? 그들이 개발했다는 신품종 신고배는 맛이 시원하고 달았으며 크기 또한 조선 배와는 비교가 되지 않았습니다. 그러니 너도 나도 달려들 수밖에요. '구포배'로 불린 이곳의 배는 경성이며 중국, 일본에까지 팔려나갔습니다.

하지만 이곳의 조선인 일꾼들은 '대저배'가 구포배로 불리는 걸 섭섭하게 생각했어요. 어쩌면 그렇게 바꿔 부른 건 일본인들의 교묘한 상술 때문일지 모르죠. 대저배라고 부르면 일본인들이 생산한 배라는 게 알려지게 되고, 그러면 자연스레 반일감정 때문에 안 팔릴 수 있으니까 말입니다.

미우라 상은 노회했습니다. 가을에 수확한 배를 한꺼번에 시장에 내다 팔지 않았으니까요. 자신의 집 마당에 있는 깊고 큼직한 지하 창고에 배를 차곡차곡 저장해놓고 한겨울부터 봄까지 비싼 값에 내다 팔아 재미를 보았지요. 그런 미우라 상이 목욕까지 끝내고 잠자리에 들면, 언니는 기다렸다는 듯이 우리 집으로 놀러오곤 했습니다. 언니와 내가 밤새도록 깔깔거리다가 보면 어느새 사방이 훤히 밝아올 정도였지요. 언니의 얘기 솜씨는 얼마나 맛깔스러운지. 얘기를 들으려 부러 난 강둑까지 마중 나가 언니를 기다리곤 했지요. 그때 언니에게 들은 얘기가 잊히지 않아요. 특히 맛도 없는 왜간장에 조선인까지 미쳐 날뛴다는 얘기는 더더욱. 산송장이 된 지금에야 언니 말이 옳다는 생각이 드네요. 공장에서 한꺼번에 만들어낸 왜간장이 집장만 할 수가 있겠어요? 집집마다 음식 맛이 다른 건 바로 각자 집에서 만든 집장의 차이 때문인데 다들 집장 대신 왜간장만 사서 먹으니 음식 맛이 같아질 수밖에요.

그렇게 말솜씨가 좋았던 언니가 말문을 닫았습니다. 나야 뭐 일이 힘들어 그렇겠거니 하고 말았지만 비가 억수같이 내리던 어느 날, 언니의 얘기를 듣고서는 가슴이 철렁 내려앉는 줄 알았습니다. 언니는 허겁지겁 내 방으로 달려와 모둠 숨을 내쉬었지요. 내가 무슨 일인지 캐물어도 언니는 쉬 입을 열지 않더군요. 몇 번이나 닦달을 하자 언니는 마지못해 입을 열었어요. '미워라 쌍'을 죽이고 싶다고. 전 알고 있었습니다. 언니가 미우라 상의 알몸을 비누칠로 일일이 씻겨준다는 소문이 이미 마을에도 파다하게 퍼져 있었으니까요. 그러니 언니의 가슴을 과일 꼭지 따듯 하는 건 시간문제였겠지요.

언니, 그제야 난 알게 되었습니다. 언니가 점점 처녀가 되어가고 있다는 사실을요. 언젠가 봉긋하게 솟기 시작한 가슴이 신기해 내가 만지려고 하자 언니가 말했었죠. 갈대가 스쳐도 아파서 미칠 지경이라구요. 그땐 몰랐습니다. 가슴앓이라는 것이 그렇게 아픈지를. 그렇게 작은 가슴을 탐하는 미우라를 언니야말로 거부할 수 없었을 겁니다. 갈 곳이 없었고 떠나면 더 큰 불행이 기다리고 있었으니까요. 가슴 만지는 일만 아니면 이곳보다 좋은 곳이 없다고, 그러니 참고 견딜 수밖에 없다면서 언니가 힘없이 말할 때에는 눈치 없이 내 눈물이 볼을 타고 흘러내리더군요.

언니는 내게 오는 발길마저 툭 끊고 말았습니다. 농한기인 겨울이라 그다지 할 일도 없었기에 언니의 안부가 궁금했습니다. 그래서 아마 언니에게 찾아갔을 겁니다. 미우라의 저택 옆에 선 허름한 별채의 방문을 두드리자 언니는 나를 기다리고 있었다는 듯이 반겨주었죠. 난 그제야 미우라가 언니의 밤마실을 금지시켰다는 사실을 알게 되었습니다. 언니의 방에 있는 돌멩이도 그때 처음 보았구요. 그 돌은 마치 잘 다듬어진 신석기시대의 돌칼 같았습니다. 언니가 돌을 이불 밑에 숨기며 얼버무렸죠. 그냥 혹시 싶어 가져다 놓았을 뿐이라구요.

하지만 언니를 찾아가는 나의 발걸음도 오래가지 못했습니다. 나 또한 아버지 때문에 고삐가 꿰인 송아지 신세가 되었으니까요. 하긴 낙동장교 때문에 밤에도 사람들의 그림자가 끊기는 법이 없으니 여식이 걱정이었겠죠. 강 건너 사람들은 야밤에도 대저로 몰려와 횃불을 들고 참게를 잡거나 그물을 던져 고기를 잡아 가곤 했습니다. 자연스레 인근 과수원 쓰리도 빈번하게 일어나 일본 순사들의 순찰도 강화된 상태였거든요.

집에 갇혀 보내는 겨울밤은 무척 길었습니다. 그날따라 일찌감치 잠자리에 누웠어요. 그런데 도저히 잠을 이룰 수가 없더군요. 이불이 가슴에 닿을 때마다 화들짝 놀라 잠이 깨곤 했습니다. 나 또한 언니처럼 가슴앓이를 하는 중이라 언니 생각이 나더군요. 그래서 몰래 방을 빠져나오고야 말았습니다. 겨울바람은 몹시 차더군요. 거침없이 달려드는 강바람이 얼굴을 칠 때마다 마치 칼날로 쓰윽 베는 듯했습니다. 언니의 방 앞에서 조용히 언니를 불렀습니다. 언니는 일찌감치 잠들었는지 기척이 없더군요. 돌아갈까 할 즈음 방문이 열렸습니다. 언니는 나를 보고도 아무 말이 없었습니다. 언니의 손에는 돌멩이가 쥐어져 있더군요. 순간, 난 직감했습니다. 언니의 치마에 묻은 얼룩은 생리혈이 아니었습니다. 상처가 났을 때 살결에서 터져 나오는 그런 선홍빛 핏방울이었습니다.

언니, 지금도 언니의 헝클어진 머리칼이며 넋이 빠져나간 듯한 멍한 표정을 잊을 수가 없어요. 그렇게 몸마저 유린당했으니 어찌 그곳에 살 수 있겠어요? 나라도 언니처럼 뛰쳐나갔을 겁니다. 며칠 뒤 일본 순사들이 나를 찾아왔어요. 언니의 종적을 대라더군요. 미우라 상의 장롱에 있던 돈을 죄다 훔쳐 도망갔다고. 하지만 난 미우라 씨가 밤마다 언니를 괴롭혀 나간 것이라고 말하지 못했어요. 그들이 너무너무 무서웠거든요.

언니, 언니는 어디로 갔나요? 언니가 혹시 나타날까 봐 지금도 이렇게 가끔 밖으로 나서곤 한답니다. 오늘은 유모차에 의지해 기어이 미우라의 저택까지 오고 말았네요. 이곳도 엄청 변했답니다. 그 많던 배나무들은 사라지고 건물들이 들어서서 적산가옥마저 보이지 않을 정도가 되었으니까요. 미우라는 과수원을 헐값에 넘기고 도망치듯 제 나라로 돌아갔습니다. 그런데도 언니는 소식조차 없더군요. 언니의 삼촌인가 하는 양반이 언니를 찾아왔으니 고향에 간 것도 아니라면 언니는 도대체 어디로 간 것일까요? 언니, 내가 미욱한 년은 미욱한 년인가 봅니다. 어젯밤 꿈을 통해서야 언니가 어디 있는지 알아챘으니 말이죠. 언니는 처음부터 이곳을 떠난 적이 없었습니다. 아니, 떠나려야 떠날 수 없는 몸이었지요. 그렇지 않고서야 어찌 한 번도 날 찾아오지 않을 리 있겠습니까. 미우라는 자신의 죄를 숨기려 아주 깊은 곳에 언니를 묻었을지 모릅니다. 그렇지 않았다면 도망치듯 허겁지겁 일본으로 돌아가지 않았을 겁니다. 그러니 언니, 오늘은 내가 쓰러지더라도 과수원 일대를 샅샅이 뒤져볼 작정입니다. 혹시 압니까, 억울해 삭지 못한 언니의 뼈마디 하나가 오늘 불쑥, 고개를 내밀지요.

안녕, 나의 메카여

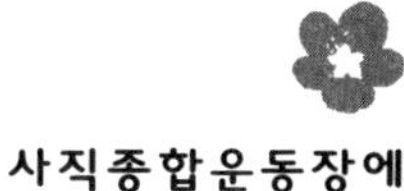

사직종합운동장에 부쳐

넌 왜 맨날 드라이버만 들고 설치냐? 내 손에 쥐어진 드라이버를 노려보며 기어이 한마디 던지고 돌아서는 저 남자, 바로 나의 아버지 박태춘 씨다. 태춘 씨는 한 번씩 울화가 뻗칠 때마다 내게 분풀이를 한다. 그러고는 풀지 못한 울화를 가슴에 안은 채 스쿠터를 몰고 쇠미산으로 향한다. 쇠미산으로 향하는 이유는 산 중턱까지 임도를 타고 올라가 거기서 고함이라도 지르기 위해서인지 모른다. 하지만 태춘 씨는 오늘만큼은 산으로 향하지 않을 모양이다. 아예 식당 앞에 세워둔 스쿠터에 눈길 한번 건네지 않고 쌩하니 나가는 걸 보니. 그렇다면 태춘 씨는 어디로 가는 거지? 고개가 절로 갸웃거려진다. 근래 들어 태춘 씨의 심기가 불편한 건 사실이다. 빽하면 조말분 여사가 샤우팅을 쏟아대기 때문이다.

태춘 씨야말로 지금은 쪼그라지고 우그러져 조 여사의 구박을 받고 있지만 한때 잘나가는 사장님이었다. 조말분 여사 말마따나 가구공장까지 신축하면서 사업 확장을 꾀한 적이 있었다니 그게 태춘 씨의 헛소리만은 아닌 건 분명하다. 문제는 사장님 소리를 듣는 게 딱 거기까지였다는 거다. 아파트 붐이 꺼지면서 가구공장은 내리막길을 탔고 담보로 잡혔던 집이며 산야마저 공장과 함께 날아가고 말았던 것이다. 쉽게 말해 완전히 알거지가 된 셈이었는데, 남은 것이라고는 고작 미나리꽝이 전부였다. 그나마 불행 중 다행인 것은, 그 미나리꽝이 아파트 단지로 개발되면서 자투리 땅이 가족의 호구지책이 되었다는 점이다.

사실, 태춘 씨보다 먼저 이곳에 발을 내디딘 분은 우리의 할아버지 박또석 씨다. 할아버지는 식솔을 이끌고 이곳에 정착해 쇠미산의 흙물을 가라앉혀 미나리 농사를 지었다. 그런 미나리꽝이 이곳 일대는 지천이었다. 하지만 그 많던 미나리꽝은 온데간데없이 사라지고 그곳엔 미나리 대신 아파트가 우후죽순처럼 자라났다. 식당을 에워싼 아파트가 산보다 더 높다면 그게 거짓말일까. 나도 모르게 저절로 건너편 아파트로 눈길이 쏠린다. 건너편 아파트 단지를 보니 갑자기 유리가 생각난다. 그녀는 지금 무엇을 하고 있을까. 몇 푼의 시급을 위해 사무실에서 열심히 서류철을 뒤지고 있겠지?

유리를 처음 만난 날이 기억난다. 그날도 아마 조말분 여사의 호출로 강의가 끝나기 무섭게 식당으로 향하던 중이었을 것이다. 궁여지책으로 마련한 조 여사의 아귀찜이 날개를 달 줄은 꿈에도 생각지 못했다. 하는 업종마다 말아먹기 일쑤였으니 이번에도 그러려니 했다. 한데 이게 웬걸, 손님들이 다른 메뉴와 달리 아귀찜만 찾는 것이 아닌가. 물론 집에서 가끔 해주는 아귀찜 맛이 나쁘지는 않았지만 이렇게 대박이 날 줄은 몰랐다. 그러니 기쁜 마음으로 조 여사를 도울 수밖에. 하지만 지하철에 발을 올렸을 때 열차는 이미 만원 상태였다. 겨우 몸 부릴 공간을 찾아 손잡이를 쥐었더니 앞 좌석에 아가씨 셋이 나란히 앉아 열심히 프리토킹 중이었다. 난 부러 이어폰을 찾아 귀에 꽂았다. 그렇다고 그녀들의 달착지근한 대화가 들리지 않는 건 아니었다. 간간이 울리는 까르륵거리는 소리는 내 눈길까지 쏠리게 했다. 특히 내 눈길이 자주 가는 이는 맨 오른쪽에 앉아 있던 여자애였다. 귀엽고 어딘가 깜찍한 태가 있어 볼이라도 살짝 꼬집어주고 싶은 그런 여자였다. 뭐랄까. 연예인 삘이 난다고 해야 하나. 하지만 아귀찜 냄새나 풍기는 주제에 언감생심, 그냥 스치는 인연이겠거니 했다.

그런데 그녀를 내 인생에서 다시 조우할 줄이야. 종합운동장역에서 하차해 근처 편의점에 들러 생수 한 병을 사서 4번 출구로 나서니 그녀 셋이 나란히 앞에서 걸어가고 있는 게 아닌가. 미행한 것도 아닌데 졸지에 미행한 꼴이 되고 말았다. 한데 갑자기 연예인 삘의 아가씨가 "아귀찜은 어때요, 언니? 난 얼큰한 게 땡기는데." 하는 것이었다. 그녀의 말에 나머지 두 사람은 잠시 고민하는 듯했다. 그러더니 좋아, 오늘 메뉴는 그 못생긴 생선으로 하지 뭐. 메뉴가 정해지자 세 사람은 경쟁하듯이 일제히 폰을 꺼내 맛집 검색에 들어갔다. 그런 상황이었으니 밑져야 본전, 내가 영업사원으로 나설 수밖에. 근처에 아귀찜 잘하는 식당을 아는데 제가 안내해도 될까요? 어머, 여기 사시나 봐요? 예, 이래 봬도 이곳 토박이라 근처 맛집은 환히 꿰고 있죠. 세 사람은 잠시 의논하더니 결국 내 뒤를 졸졸 따르기 시작했다.

누구냐? 세 사람이 자리를 잡고 앉자 조 여사가 묻고 나섰다. 이상한 생각은 마셈, 그냥 아귀찜 먹고 싶다기에 영업 차원으로 데리고 왔을 뿐이니까. 그러니까 내 말은 네가 왜 음식의 양이며 서비스까지 챙기고 나서냐고? 조 여사가 음흉한 미소를 띠며 나섰다. 명색이 이 집 아들인데 식당이 잘 돼야 저도 좋은 거 아니겠어요? 그리고 혹여 내 속내가 조 여사에게 탄로 날까 봐 식당을 빠져나오고 말았다. 그렇게 스쳐간 인연이라고 생각한 그녀가 며칠 뒤에 식당에 나타났다. 난 막 손님이 떠난 테이블을 치우는 중이었다. 인기척에 "어서 오세요!" 하고 돌아보는 순간, 나는 그만 벌어진 입을 다물 수 없었다. 그녀가 환한 미소를 지은 채 서 있었던 것이다. 알고 보니 그녀의 집 또한 종합운동장역 근처였고, 이후 유리는 부러 자신의 가족까지 이끌고 조 여사네 아귀찜 전문식당을 기꺼이 찾아주었다. 물론 나는 그렇게 방문할 때마다 그녀에게 물심양면의 아낌없는 서비스를 왕창 선사했고.

나중에야 안 사실이지만, 유리가 이곳 아파트로 이사를 오게 된 것은 그녀의 아버지 탓이었다. 유리 아버지는 부산고 출신으로 고교시절부터 모교 야구팀 응원단장을 했던 분이었다. 박노준, 최동원이 주름잡던 고교야구가 인기를 구가하던 시절이었고, 혹여 부산고가 결승전에라도 진출하면 전교생이 버스를 대절해 서울로 올라가곤 했단다. 그런 고교야구는 프로야구 시대가 개막하면서 사양길로 접어들고 말았지만 그렇다고 야구의 인기마저 식어버린 건 아니었다. 단지 부산시민의 관심이 롯데 야구로 옮겨갔을 뿐이었다. 유리의 아버지도 롯데 야구의 광팬으로 등극한 건 당연지사. 롯데가 꼴찌로 바닥을 길 때에도 '꼴데'라고 욕을 하면서도 롯데 팬임을 부인하진 않았다.

언젠가 우리 식당을 찾은 유리 아버지와 꽤 긴 얘기를 나눈 적이 있다. 그때 유리 아버지는 롯데의 야구사를 떠벌렸다. 그중 화제의 중심은 단연코 84년 삼성과의 한국시리즈였다. 삼성은 한국시리즈를 앞두고 약체인 롯데를 택했다. 하여 순위 결정전부터 부러 져주는 해괴망측한 일까지 벌였던 것이다. 그리하여 맞붙게 된 삼성과 롯데의 한국시리즈였으니 결과는 뻔했다. 롯데가 힘 하나 제대로 못 쓰고 질 것이라는 게 압도적 예상이었다. 한데 단기전은 정말 예측 불가였다. 무쇠팔 최동원 투수 덕분에 1차전을 4-0으로 승리했고, 3차전에서 또 3-2로 승리하면서 일을 낼 것 같은 분위기를 잡더니 아니나 다를까 6차전까지 6-1로 승리하면서 7차전까지 끌고 온 것이다. 롯데의 야구팬들은 너무 흥분해 머리가 돌아버릴 지경이었다. 하지만 최동원에게만 의지했던 투수진은 한계가 분명히 있었다. 7차전 승리라는 기적을 바랐지만 롯데는 7회까지 3-4로 끌려가는 중이었다. 그렇게 패색이 짙던 8회 초였다. 극적인 역전 스리런 홈런이 터지고 말았다.

재미있는 건 말야. 잠시 말을 끊었던 유리 아버지가 다시 나섰다. 역전 홈런의 주인공이 시리즈 내내 20타수 2안타의 빈타에 허덕이는 선수였단 거야. 그런 양반이 결정적인 순간 삼성의 에이스 김일융의 공을 받아쳐 왼쪽 담장을 넘겨버렸지. 그 바람에 롯데는 우승 트로피를 거머쥘 수 있었고 유두열은 자신의 이름 석 자를 롯데 팬의 가슴에 영원히 아로새겼어. 자네, 오늘이 무슨 날인지 아나? 9월 1일인 걸로 아는데요. 유리 아버지가 고개를 가로저었다. 오늘은 9월 1일이 아니라 유두열이 영영 '유듀열'이 된 날이야. 아마 지금쯤 하늘에서 최동원을 만나 7차전 얘기를 신나게 떠벌리고 있을지 모르지. 자, 신장암으로 우리 곁을 떠난 나의 영웅을 위해서 한 잔 더! 그날 유리 아버지는 애도가 너무 과해 내가 집까지 모셔다 드릴 정도였지만 기분이 결코 나쁜 건 아니었다.

유리의 아버지 말마따나 구덕야구장의 시대는 가고 86년 사직야구장 시대가 문을 열었다. 야구를 가까이하고 싶어 했던 유리 아버지는 가족을 이끌고 야구장 근처로 이사를 감행했다. 그러니까 나와 그녀의 인연의 초석을 놓은 이가 바로 그녀의 아버지였던 셈이라고나 할까. 아무튼 아버지의 영향으로 그녀 또한 야구를 사랑하지 않을 수 없었고, 그 바람에 우리의 데이트 코스는 영화관보다는 주로 야구장이 되었다. 그녀와의 야구장 응원 데이트는 즐거웠다. 웬만한 야구 상식 또한 나보다 더했으면 더했지 덜하지 않았다. 그러니까 야구에 대한 열정의 사이즈가 나와는 다르다고나 할까. 유두열로 인해 우승을 했지만 롯데 자이언츠가 강팀이라는 카리스마를 갖진 못했다. 물론 그런 와중에도 1992년에 우승을 하긴 했다. 하지만 두 번째 우승기를 들어 올렸어도 롯데 팬들의 마음은 흡족하지 못했다. 롯데 팬들이야말로 시원한 홈런야구를 원했지 그라운드 안에서만 공이 맴도는 딱총야구를 원한 것이 아니었기 때문이다. 그랬으니 우승한 후에 끝내는 '똥줄야구, 마약야구'란 비난을 퍼부었는지 모른다.

그런 롯데가 이후 줄곧 상위권에도 들지 못하고 꼴찌만 해대자 관중들은 아예 등을 돌려버렸다. 너무 사랑했으므로 너무 큰 배신감에 돌아섰는지 모른다. 그런데 투자에 인색한 구단주가 무슨 맘을 먹었는지 한국 프로야구 역사상 최초로 외국인 감독을 영입하고 나선 것이다. 그가 바로 16년간의 미국 프로야구 경력을 지닌 제리 로이스터 감독이었다. 2007년 11월, 5년 임기로 계약을 체결한 로이스터는 이듬해에 '꼴데'를 3위의 자리에 올려놓았다. 그러자 로이스터 감독은 부산시민의 영웅으로 등극하고 말았다. 처음엔 잘하든 못하든 벤치에 서서 물개박수만 쳐댔으니 저 시커먼 양반이 무얼 믿고 저러나 했다. 한데 물개박수를 받아 가장 먼저 흥분한 이는 멕시코 출신의 용병 타자 카림 가르시아였다. 야구장에 발길을 끊었던 팬들은 돌아왔고 그렇게 롯데의 전성기는 다시 시작되었다. 가을야구를 맛보게 해준 로이스터. 그러니까 그때까지 이대호는 가르시아의 그늘에 가려 빛도 보지 못하고 있을 때였다.

롯데가 강팀으로 변하면서 팬들은 이색적인 응원문화로 화답했다. 신문지 찢어 응원하기, 라이터 응원, 파도타기, 빨간 봉다리 응원 등등. 특히 7회 말쯤 쓰레기를 담으라고 나눠준 봉지를 머리에 뒤집어쓰고 펼치는 응원은 사직구장이 아니고는 볼 수 없는 진풍경이 되고 말았다. 하지만 롯데는 불과 몇 년 만에 다시 최약체 팀으로 전락하고 말았다. 2014년 7위, 2015년과 2016년에는 8위 자리를 고수해버린 것이다. 그런데도 롯데 팬들은 맨날 지는 롯데 선수를 욕하기보다는 두산이나 삼성 선수들을 욕한다. 롯데 선수들보다 너무 잘해서 얄밉기 때문이다. 그렇게 욕을 하면서도 부산 팬들은 프로야구 하이라이트 시간만을 기다린다. 어떻게 졌는지 알아야 욕을 해도 할 수 있으니까. 아무튼 롯데의 성적 하락 덕분에 사직야구장의 온도는 급격히 떨어졌고 인근 상점들의 매출도 뚝 떨어졌다. 특히 지금처럼 프로야구 시즌이 종료된 이후에는 더더욱.

유리 아버지와 달리 나의 부친 태춘 씨는 야구라면 질색을 한다. 이유는 간단하다. 경기가 야비하다는 거다. 도루라는 룰 자체가 스포츠 매너치고는 수준 이하라는 것이다. 그럼 축구는 매너가 좋은가요? 이란이나 이라크의 축구 매너를 보세요. 중동의 침대축구는 예외로 봐야지. 유럽의 현란한 드리블을 봐라, 그건 스포츠를 넘어 예술의 경지지. 몸으로 보여주는 무용보다 아름다운 그라운드의 춤이 축구야. 한국 축구는 그런 '아트싸커'인 유럽 축구를 따라가기에는 멀었잖아요? 그건 아니지. 2002년 월드컵을 생각해봐라, 우리나라 축구가 어디 수준이 그리 떨어지든. 히딩크 감독 덕분이죠, 게다가 개최국 어드밴티지도 한몫했고요. 아버지는 한숨을 내쉬었다. 넌 계속 야구를 좋아하렴, 아버지는 축구를 사랑하다가 이승을 하직할 테니.

야구보다 축구를 사랑한 태춘 씨. 하지만 그런 아버지도 내 손을 잡아끌고 근처 축구장을 찾은 적은 없었다. 2002년 월드컵 '4강 신화'를 쓰고 연일 붉은 악마들이 거리로 뛰쳐나와 거리응원을 해도 오직 TV 앞만 고수했을 뿐이다. 그땐 태춘 씨한테 잠시 서운하긴 했지만 곧 잊어버렸다. 어차피 월드컵 기간은 짧았고 프로야구 시즌은 무지무지 길었으니까. 한데 4년 뒤, 독일에서 다시 월드컵이 열렸다. 붉은 악마와 거리응원이라는 독특한 문화를 세계만방에 선보인 터라 나 또한 붉은 악마를 꿈꾸며 토고와의 첫 경기를 기다렸다. 그런데 토고전을 앞두고 한국 팀의 승리를 응원하기 위해 사직야구장을 시민에게 개방한다고 했다. 소식을 들은 나는 흥분을 감추지 못했다. 아버지도 마찬가지였다. 아부지, 이번에는 우리 가족이 함께 응원하러 가야죠? 당연하지, 이때 애국심을 보여주지 않으면 언제 보여주겠냐. 하지만 한국과 토고전이 열리는 당일이 되자 태춘 씨는 망설였다. 식당을 팽개치고 가면 어쩌냐면서 조 여사가 강력하게 브레이크를 걸고 나섰기 때문이다. 결국 우리는 식당 TV 앞에 모여 앉아 토고전을 지켜봐야 했다. 물론 그 와중에도 옆집 치킨점은 배달이 밀려 정신이 없을 정도였지만 우리 식당 전화는 애석하게도 한 번도 울리지 않았다. 하긴 일찍 밥 먹고 다들 TV 앞에 모여들었을 테니 요리가 필요한 게 아니라 주전부리가 필요할 정도로 늦은 시각이었다는 것이 이유라면 이유일 수도 있겠다. 어찌 됐거나 그런 와중에 이천수의 프리킥으로 1:1 동점까지 만들어버리자 흥분을 참지 못한 태춘 씨와 나는 배달용 오토바이를 타고 사직야구장으로 내빼고 말았다. 하지만 이걸 어쩌랴. 그 시각에 하필이면 뚝 끊겼던 주문전화가 폭주할 줄이야. 하필 우리가 야구장으로 달려가는 와중에 안정환 선수가 승리를 뒤집는 추가골까지 넣어버린 것이다.

응원과 즐거움의 메카, 사직! 하지만 태춘 씨와 나는 더 이상 거리응원에 나설 수 없었다. 강팀인 프랑스와의 경기도, 오프사이드의 오심 때문에 온 국민을 열받게 한 스위스 경기마저도 우리는 식당 앞에서 지켜봐야 했다. 그렇게 우리 아버지 태춘 씨는 '큰 봄'을 맞기를 기대했지만 내가 고교를 졸업할 때까지 긴 겨울만 맞이했다. 아버지에게 봄이 미래이듯이 내게도 봄이 와야 이름처럼 광택이 나도 날 터였다. 박광택. 하지만 아직 내게 빛은 보이지 않는다. 그래서 늘 드라이버만 만지작거리며 지내는지 모른다. 그러나 나는 알고 있다. 별은 스스로 빛난다는 것을. 나의 노력 없이 누군가 빛을 비춰주기를 기다린다는 것은 얼마나 어리석은 짓인가. 그래서 나는 과감하게 이곳을 떠나려 한다. 나의 모든 삶의 기원, 사직. 내 삶의 진화를 체험한 갈라파고스 같은 곳. 이제 곧 나는 나를 다른 곳에서 실험하게 될 것이다.

자신의 부모를 바꿀 순 없지만 자신을 바꿀 수 있는 길은 공부밖에 없다. 이것이 드라이버를 쥔 채 고민하던 내가 내린 결론이다. 더 이상 미루었다가는 질주 중인 자본주의 체제에 짐짝처럼 실려 떠밀리고 말 것이다. 엄마, 아무래도 지금 당장 스페인의 그 유명한 셰프 엘불리를 만나러 가야겠어. 조 여사는 내 말을 듣는 둥 마는 둥 했다. 엄마도 그랬잖아, 아무리 귀한 냉이도 봄이 가면 그저 잡초에 불과하다고. 그게 지금 급한 건 아니잖아, 지금 급한 건 배달이라고! 조 여사는 내 말을 단칼에 잘라버렸다. 진지함을 묵사발로 만든 조 여사가 서운했다. 그 바람에 유리에게 전화를 하지 않을 수 없었다. 역시 유리는 달랐다. 배달이고 뭐고 당장 비행기 티켓부터 끊어! 너, 내가 영영 돌아오지 않으면 어쩌려구 그래? 내가 놀라 물었다. 넌 내게 돌아오게 돼 있어. 어째서? 내게 돌아오지 않으면 안 되니까. 그 말을 듣는 순간 난 결심했다. 내일 당장 이곳을 떠나리라고.

이꽁이꽁
쩌꽁쩌리꽁

동래 정씨 2세조에 얽힌
화지산 전설에 부쳐

할머니한테서 고양이 울음소리가 난 것은 언제부터일까. 내 가슴에서 말발굽 소리가 난 다음부터일까. 아니면 그 이전일까. 아무튼, 할머니는 잠이 들면 야웅야웅 하는 야릇한 소리를 냈다. 그 소리를 들을 때마다 할머니가 고양이로 변해버리는 게 아닌가 걱정이었다. 그런 생각을 깊게 만드는 건 할머니가 몸마저 고양이처럼 웅크리고 잠든다는 점이었다. 누구는 허허벌판을 내달리는 말발굽 소리 때문에 죽을 판인데, 할머니마저 고양이로 둔갑할 지경이니 미치고 팔짝 뛸 지경이었다. 그러니 자연 한밤중에 깨어 밖으로 나설 수밖에.

대청마루로 나서면 제일 먼저 눈길이 가는 곳은 액자였다.

바람벽에 걸린 낡은 액자 속 초상화는 세월에 바랜 탓인지 흐릿하기 짝이 없었다. 덕분에 나는 할머니나 어머니의 어린 시절 모습이겠거니 하고 말았다. 헌데, 근래 들어 특이한 점은 얼굴의 윤곽이 조금씩 달라진다는 것이었다. 시간이 흐를수록 사진 속 얼굴도 나이를 먹는다고나 할까. 어린 티가 물씬 풍기던 얼굴은 점점 성숙한 여인으로 변해갔다. 참다못한 내가 어느 날 물었다. 할머니, 저 액자 속의 주인공이 누구예요? 할머니의 대답은 '완벽한 횡설수설'이었다. 때가 되면 저절로 알게 된다. 하긴, 할머니가 그딴 식으로 얼버무린 대답이 한둘이 아니다. 그러니 물을수록 집 전체가 '신비로 똘똘 뭉친 덩어리'로 둔갑할 지경이다.

묵만 해도 그렇다. 집에서 묵을 만드는 걸 본 적이 없다. 그렇다고 묵의 재료인 도토리를 구해 오는 것도 못 봤다. 그런데도 할머니는 시장통에서 줄기차게 묵을 판다. 손님들은 하나같이 할머니의 묵은 이 세상에서 맛볼 수 없는 기이한 맛이 난다고 한다. 그렇게 신비한 묵 장사를 하는 위인이니 내 어미와 아비는 심저궁에 있다는 황당한 얘기도 할 수 있었을 것이다. 어쨌든 그런 횡설수설 덕분에 할머니와 나의 진지한 대화는 자연스레 끊기고 말았다. 할머니와 얘기를 나눈다는 것은 '빵상아줌마'와 '빠찌콩짱킹뽕짱' 하는 것과 같았으니까.

할머니와의 대화를 다시 잇게 된 게 바로 말발굽 소리였다. 문제는 내 가슴에서 울리는 그 소리를 할머니가 먼저 들었다는 점이었다. 며칠 전 내가 가위눌림에 눈을 떴을 때, 할머니는 어둠 속에서 물끄러미 나를 내려다보고 있었다. 혹시 할머니도 들었어요, 그 소리? 그럼, 아주 똑똑히 들었지. 그나저나 너, 이번 시험이 몇 번째냐? 나는 얼떨한 표정으로 횟수를 헤아려봤다. 아마 108번째쯤 될걸요. 그러자 할머니는 진중한 표정으로 되뇌었다. 108이라… 이제 때가 이른 모양이군, 하며 혼자 구시렁거렸다. 때가 이르다니 그게 무슨 말이에요, 할머니? 응, 그건 네가 인간 세상으로 달려갈 준비가 되었다는 뜻이지. 그러더니 할머니는 주섬주섬 옷을 챙겨입기 시작했다. 시장으로 나서기에는 이른 시각이라 물었다. 아니, 꼭두새벽인데 어디 가시려구요? 묵! 네? 묵이라고. 선문답 같은 할머니의 말에 나는 어이가 없었다. 묵이라니. 이게 더 이상 묻지 말고 침묵하라는 말인가 뭔가. 묵 때문에 어쩌면 손자의 장래가 108번째 묵사발이 되었는지도 모르는데, 떠그랄.

할머니는 부산을 떨기 시작했다. 묵을 파는 일마저 내팽개칠 정도였다. 그런 와중에도 나는 수험서와 우정을 쌓으며 지내려 노력했다. 하지만 할머니 탓에 집중이 쉽지 않았다. 오늘도 마찬가지였다. 집중력은 그야말로 '꽝'이었다. 이러다간 109번째 시험마저 고배를 마시는 건 아닐까 은근히 걱정이었다. 도서관에서 돌아왔을 때, 집은 고요 속에 잠겨 있었다. 나는 대청마루 앞에 서서 할머니부터 불렀다. 응, 왜 그러냐? 할머니의 대답이 먼 곳의 메아리처럼 울려왔다. 주위를 두리번거렸지만 할머니는 보이지 않았다. 할머니, 지금 어디세요? 응, 볼일이 있어 방장산에 왔지. 방장산이라구요? 그럼 지리산에서 대답하시는 거란 말이에요? 그럼, 늙은이가 거짓말해서 뭣하게? 아무튼 지금 막 출발했으니 잠시만 기다리렴. 듣고 있던 나는 어이가 없었다. 부산이 지리산 옆에 붙은 동산도 아니고 기다리라니. 이게 저녁 굶고 아침밥을 해주겠다는 소리가 아니고 뭐람. 그렇게 투덜거리던 나는 이내 눈을 홉뜨고 말았다. 흐릿하기만 하던 액자 속 여인의 모습이 선명하게 변해 있었던 것이다. 그 모습은 마치 개량한복을 입은 '짝퉁' 선녀나 다름없었다.

할머니가 나타난 건 초상화 앞에서 눈을 비비고 있을 때였다. 정말 도인처럼 축지법이라도 쓴 모양인지 할머니는 숨을 마구 헐떡였다. 하이고, 이젠 나도 갈 때가 된 모양이다, 고작 거기 갔다가 오는데도 이리 힘드니 말이다. 할머니는 사실임을 입증하듯이 한동안 가슴을 어루만지며 거친 숨소리까지 토해댔다. 하지만 그것보다 더 궁금한 게 있었으므로 어쩔 수 없었다. 그나저나 할머니, 저 사람은 도대체 누구야? 내가 턱짓으로 액자를 가리키며 물었다. 때가 되면 알게 된다고 했잖냐, 얼른 씻고 밥 먹을 준비나 하거라. 할머니는 대청마루로 훌쩍 올라섰다. 묵, 묵 하고 말한다고 해결될 일이 아니에요, 저 사람은 할머니도 어머니도 아니니까. 그래도 할머니는 묵묵부답인 채 부엌으로 내빼기 바빴다.

그날 밤이었을 것이다. 잠결에 '이꿍이꿍 쩌꿍쩌리꿍' 어쩌고저쩌고 하는 이상야릇한 웅얼거림이 들렸다. 나는 이게 무슨 소리인가 싶어 눈을 떴다. 할머니는 내가 깬 것도 모른 채 주문을 외우면서 팔다리까지 버르적거리고 있었다. 할머니, 지금 뭐하는 거예요? 으응, 그냥 입계경 좀 외우고 있었다. 입계경요? 그래, 하도 외운 지 오래라 가물가물해서 말이지. 나는 어이가 없었다. 하지만 할머니의 태도는 진지하기만 했다. 해서 내가 이기죽거리며 되물었다. 그래, 입계경은 외워서 뭐하시게요? 뭐하긴, 돌아가려면 난관이 어디 한둘이어야지. 그러고는 다시 이꿍이꿍 쩌꿍쩌리꿍 주문을 외기 시작했다.

할머니가 고양이로 변한 건 다음 날이었다. 문제는 할머니가 영영 숨을 멈춰버렸다는 거였다. 한마디 유언도 없이 훌쩍 떠나다니. 그 바람에 나는 눈물만 흘리는 짐승으로 둔갑해버린 것같이 한동안 우두커니 앉아 있었다. 그때였다. 낡은 대문이 삐걱, 열리는 소리가 났다. 무슨 일인가 싶어 나는 밖으로 나섰다. 마루 앞에 웬 낯선 여인 하나가 서 있었다. 할머니 탓에 내가 헛것을 봤나 싶었다. 사람을 그렇게 멀뚱하게 보고 있으면 대체 할머니 초상은 언제 치를 셈이에요? 여자는 첫마디부터 가관이었다. 아니, 우리 할머니를 댁이 어떻게 알고 찾아왔어요? 여자는 내 물음에 대꾸도 없이 대청마루 위로 올라섰다. 그제야 나는 알아차렸다. 그녀가 바로 액자 속의 여인임을.

여자는 고양이 앞에서 예를 갖추었다. 그런 후 뭐라고 방언 같은 말을 웅얼거리더니 가져온 보자기를 풀었다. 보자기에는 망자에게 입힐 수의가 들어 있었다. 뭐해요? 얼른 모종삽이라도 하나 챙기세요, 날씨가 흐리니 서두르지 않으면 곤란한 일이 벌어질 수도 있어요. 그녀는 고양이를 조심스레 보자기에 다시 싸더니 무릎을 세웠다. 여자가 향하는 곳은 화지산이었다. 여자는 한 치의 머뭇거림도 없이 배롱나무를 지나 숲으로 향했다. 사위는 몰려온 구름덩이로 인해 어둑했다. 금세라도 빗방울을 떨어뜨릴 기세였다. 숲속 깊이 들어간 그녀는 잠시 주위를 두리번거리기 시작했다. 괴석암 옆의 '출자(出)형' 상수리나무라, 그럼 여기가 맞는 것 같네. 어서 파세요, 출입구가 닫히기 전에. 여자의 말에는 묘한 기운이 서려 있었다. 나는 여자가 시키는 대로 흙을 파지 않을 수 없었다.

남의 산에 불법매장은 법에 저촉된다는 거 알고 있기나 해요? 할머니의 봉분까지 다 매듭지은 후 내가 물었다. 그러자 여자가 되쏘았다. 그럼 물어볼게요, 우리가 여기 무엇을 묻었죠? 그야 당연히 고양이죠. 그럼 됐네요. 하긴 그녀의 말이 틀린 건 아니었다. 우린 할머니가 아닌 고양이를 묻었으니까. 그때였다. 무덤이 움직이는 것 같더니 묻은 고양이가 밖으로 튀어나왔다. 하지만 여자는 짐작하고 있었다는 듯이 태연히 말했다. 아무래도 할머니를 알아보지 못하나 봐요, 다시 파야겠어요. 여자가 서둘렀으므로 나 또한 작업에 동참하지 않을 수 없었다. 헌데 그게 끝이 아니었다. 고양이가 다시 허공으로 튕겨 나왔던 것이다. 이것들이 정말 할머니를 못 알아보는 거야? 여자가 혼잣말을 하더니 아차, 이걸 깜빡했군, 하며 보자기에서 뭔가를 꺼내 들었다. 황금빛 영롱한 사발이었다. 이게 뭔가요? 뭐긴 뭐겠어요? 묵사발이죠. 금빛 묵사발을 넣고 다시 매장했다. 그런 다음 우리는 숨죽인 채 무덤의 동정을 살폈다. 다행히 고양이는 더 이상 튕겨 나오지 않았다. 이제 할머니를 알아본 모양이네요. 여자도 그제야 안도의 한숨을 내몰며 말했다. 그런 후 여자는 종종걸음으로 산을 내려가기 시작했다. 나도 덩달아 그녀 뒤를 밟았다. 등 뒤에서 벼락 소리가 난 건 그때였다.

집에 돌아와 그녀가 먼저 들른 곳은 부엌이었다. 내가 세면을 마치고 나왔을 때 그녀는 내 앞에 밥상을 디밀었다. 시장할 테니 얼른 드세요. 그녀의 모습이 낯설었다. 숲에서의 그녀가 아닌 듯했다. 게다가 저 뚜렷한 이목구비라니? 어디 미인대회에 출전해도 '미' 정도는 당선될 듯한 '여신급'이었다. 그런 미모 덕일까. 갑자기 심장에서 말발굽 소리가 또 나기 시작했다. 근데 당신은 언제 떠나나요? 떠나긴요, 제 집을 떠나는 사람도 있나요? 여자가 살포시 웃었다. 그럼, 여기서 저랑 산단 말씀인가요? 그건 할머니가 말씀하시지 않던가요? 아뇨, 금시초문인데요. 그럼 나중에 액자라도 확인해보시든가요. 나는 당장 확인하고 싶은 마음에 냅다 대청마루로 나섰다. 눈으로 직접 보고도 믿을 수 없었다. 액자 속의 여자는 온데간데없고 갓난애 하나가 미소 짓고 있는 게 아닌가. 도대체 저 꼬마는 누구람. 그때 뒤따라 나온 여자가 묵, 하며 입술에 검지를 갖다 대더니 부끄럽다는 듯이 제 얼굴을 붉혔다.

어와둥둥

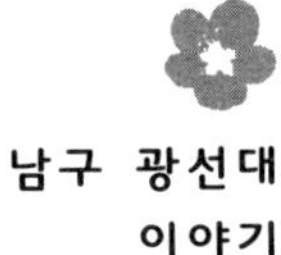

남구 광선대
이야기

바람 한 번 피운 적이 없는데 남편이 죽은 지 십 년 뒤에 남편의 아이를 뱄다면 누가 믿을까. 그런데도 마미는, 자신은 하늘을 우러러 한 점 부끄러움도 없다고 했다. 그러면서 후렴처럼 어김없이 당부의 말을 덧붙이곤 했다. 너는 예수나 부처처럼 귀하신 몸이니 함부로 자신의 몸을 훼손하지 말라고. 마미의 말대로라면, 난 저 우주 누군가의 영적인 힘에 의해 이 지구라는 별로 왔고, 인류를 위해 위대한 일을 해야 할 운명을 타고난 셈이다. 하지만 나의 내면 어디를 살펴봐도 예수나 부처처럼 베풀 사랑이나 자비도 간직하지 못했다. 간직했더라면 여친이 '냉정한 시키'라고 악담을 퍼부으면서 떠나지 않았을 테니까. 설령, 마미의 말처럼 절대자의 뜻으로 가난한 성씨 집안의 외동으로 태어나게 했다고 치자. 그러면 30년 가까이 된 지금쯤은 자신의 계시를 드러내는 것이 옳은 일이 아닌가. 그런데도 아직 수험서만 뒤적거리게 하고 있으니 어찌 믿을 수 있을까. 그래서 난 확신하고 있다. 마미가 자신의 바람기를 합리화하기 위해 나를 속인 것이라고.

그렇게 하나밖에 없는 자식에게 턱도 없는 구라를 치던 마미에게 일이 터지고 말았다. 뜻하지 않은 사고를 당한 것이다. 병명은 대퇴부 골절상. 사실, 마미는 외동아들인 이 몸을 위해 불철주야로 불고기 식당에서 주방 일을 수행하던 중이었다. 그런데 하루는 설거지를 끝내고 서둘러 퇴근하기 위해 그릇을 첩첩이 쌓은 채 주방으로 내달리다가 바닥에 놓인 불판을 보지 못하고 밟고 말았다. 그 바람에 마미는 엉덩이살을 아직 식지 않은 석쇠 위에 무서운 속도로 주저앉혔고, 그 여파로 대퇴부에 금이 가고 심지어 뼛조각까지 끄집어내야 하는 대수술을 받아야 했던 것이다.

마미의 소식을 들은 나는 놀란 가슴을 안고 병원으로 내달렸다. 터무니없는 거짓말을 하지만 그래도 내 유일한 혈육이니까. 한데 나보다 빠른 존재가 있었으니 그가 바로 식당 단골손님 박 씨였다. 박 씨는 건축업에 종사하는 홀아비로 일찍부터 마미를 마음에 두고 있었던 모양이다. 박 씨는 빽하면 인부를 떼로 몰고 와 비싼 소고기를 시켜 먹곤 했다. 간혹 식당 주인이 연말이나 단체 손님이 올 때면 나를 파출부처럼 호출해 일을 시키곤 했는데, 그때도 밤늦게까지 죽치고 앉아 있던 이가 박 씨였다. 그런 박 씨였으니 음료수 한 박스를 쥔 채 나보다 먼저 병원으로 달려왔다고 해서 놀랄 일은 아니었다. 다만 마미가 박 씨에 대해 무심하다는 게 문제라면 문제였을 뿐.

박 씨는 짬만 나면 병원을 들락거렸다. 처음에 나는 그를 은근히 경계했다. 그런데 한두 마디 입을 섞다 보니 흥부처럼 후덕한 마음씨를 가진 위인임을 알 수 있었다. 문제는 마미의 수술과 입원기간이 길어지면서 졸지에 우리 가족의 생계 또한 궁지에 몰렸다는 것이다. 그러니 도저히 수험서만 들여다보고 있을 수 없어 하루는 병원 벤치에 앉아 박 씨에게 그만 속내를 내비치고 말았다. 박 씨는 기다렸다는 듯이 선뜻 '박씨'를 물어다 주는 호의를 베풀었다. 뭐 별거 없다카이. 그냥 계곡 주변 정리 정도라고 생각하몬 돼. 일도 그렇게 어렵지 않고 일당도 불고깃집의 두 배라니 망설일 필요가 없었다. 해서 당장 출근하겠다고 약속하고 말았다.

다음 날, 박 씨가 일러준 대로 작업현장을 찾아갔다. 광선대 일대 하천정비공사. 현장은 생각보다 규모가 컸다. 박 씨가 책임자임을 알자 갑자기 그이가 달라 보였다. 포클레인은 벌써 계곡 안에서 으르릉거리며 작업 중이었다. 포클레인이 무거운 바위를 들어 조적공에게 건네면 조적공은 돌의 모양에 따라 위치를 선정해 계곡 양쪽 축대를 자연석으로 쌓는 일인 모양이었다. 그러니 초보자인 내가 할 일은 그저 박 씨의 말대로 계곡에 흩어진 쓰레기를 주워 모으거나 시키는 대로 현장의 잔일거리나 심부름을 하면 끝이었다. 나는 하릴없는 사람처럼 계곡을 돌아다니면서 페트병이나 짜부라진 맥주 캔, 혹은 찢어진 검정 비닐봉투 등을 부지런히 찾아다녔다. 그러던 중, 바위틈에 끼어 있는 생수병을 발견했다. 일당을 생각해 성실함을 보이려 손을 내미는 순간이었다. 온몸이 부르르 떨려왔다. 마치 전기충격이라도 받은 것 같았다. 이게 무슨 일이지? 주위를 둘러보았지만 계곡 안으로 전류가 흐를 일이 없어 보였다. 그런데 뭐가 몸을 이렇게 반응하게 만드는 것이지? 다시금 조심스레 손을 내밀어보았다. 그랬더니 역시 팔뚝이 부르르 떨리는 것이었다. 그 바람에 돌 사이에 낀 생수병을 포기하고 돌아서지 않을 수 없었다.

하얀 반점들을 발견한 건 샤워를 하기 위해 알몸으로 거울 앞에 섰을 때였다. 팔뚝뿐만 아니라 온몸 곳곳에 하얀 반점들이 돋아나 있었던 것이다. 이게 뭐지? 얼룩의 정체를 알고 싶어 거울 앞으로 바투 다가섰다. 반점들은 마치 여름 하늘의 구름송이를 옮겨다 놓은 것처럼 무늬가 다양했다. 그렇다고 가렵다는 느낌도 없었고 아무런 증세도 없었다. 그렇다면 오염된 쓰레기를 온종일 만진 것이 피부 알레르기 반응을 일으킨 것일까. 그럴 만도 했다. 나야말로 지금껏 궂은일을 직접 해본 적이 없으니까. 해서 바디 클렌저까지 양껏 샤워 타올에 풀어 온몸을 박박 문질러댔다. 하지만 하얀 반점들은 지워지지 않았다. 혹시? 그제야 이상한 돌 생각이 났다.

저녁에 마미의 병실을 찾았을 때에는 돌 생각마저 잊고 말았다. 한데 마미가 내 팔뚝에 돋은 흰 반점들을 보자 기다렸다는 듯이 내 손을 꽉 부여잡는 것이 아닌가. 난 또 무슨 말을 하려나 싶어 은근히 걱정이 됐다. 얘야, 사실은 말이다. 네게 아직 말하지 못한 비밀이 있단다. 그 말을 듣는 순간 나는 역시, 하고 무릎을 치지 않을 수 없었다. 마미가 숨긴 비밀이야 뻔할 터였다. 지금껏 숨겨놓은 내 출생의 비밀을 자백하거나 아니면, 박 씨와 난 그렇고 그런 사이란다 하는 고백 정도겠지. 한데 마미의 입에서 튀어나온 말은 엉뚱해도 너무 엉뚱했다. 네가 잘 몰라서 그러는데 사실 엄마는 선녀였단다, 너를 지금까지 보살피는 임무로 지상에 내려왔고. 아, 마미. 제발 그따위 개나 물어갈 거짓말 좀 하지 마세요. 이제 저도 어린아이가 아니잖아요, 하고 소리라도 치고 싶었다. 하지만 병상에 누운 마미에게 매몰찬 말을 내뱉을 순 없었다. 해서 내 입에서 나온 말은 고작 이거였다. 어머니, 그냥 딴생각 좀 하지 말고 푹 쉬기나 하세요!

집에 돌아와 모처럼 잡티 하나 없는 꿀잠을 잤다. 덕분에 아침에 눈을 떴을 때에는 콧소리마저 절로 터져 나올 지경이었다. 출근을 위해 서둘러 욕실로 들어섰다. 그러고는 혹시 밤사이에 반점이 가라앉기라도 했나 싶어 거울 속의 몸을 살폈다. 반점들은 여전했다. 다만 다른 점이 있다면 그 크기가 커졌고 깊이 또한 심해졌다고나 할까. 특히 심장 주변의 반점들은 서로 엉켜 마치 커다란 구름송이를 가슴 위에 얹어놓은 것만 같았다. 이러다간 내일쯤이면 사람이 구름으로 변하는 건 아냐? 하지만 나는 이내 킥킥거리고 말았다. 불길함이 되살아난 건 현관문 앞에 섰을 때였다. 옷매무새를 다듬으려 거울을 보는 순간 까만 눈동자가 초승달처럼 변해 있는 것이 아닌가. 어, 눈이 왜 이렇게 된 거지? 이대로라면 작업장이 아니라 병원으로 가야 하는 건 아닐까, 잠시 망설였다. 하지만 시력은 멀쩡했고 모처럼 얻은 일자리를 하루 만에 포기할 수 없었다. 아니, 어쩌면 현장행을 결심한 것은 그 이상한 돌의 정체를 파악하고 싶어서였는지 모르겠다.

자넨 시방 여게 일하러 왔나, 신선놀음 왔나? 박 씨가 나를 보자마자 흰소리를 쳤다. 딴에는 막일하러 온 주제에 선글라

스를 끼고 나타난 게 영 마음에 걸리는 모양이었다. 눈에 뭐가 나서 그래요, 작업엔 전혀 지장 없으니까 그런 건 전혀 걱정하진 마시고요. 그 말을 끝으로 난 지렛대를 챙겨 돌이 있던 자리로 향했다. 그러자 박 씨가 뒤에서 걱정스레 혀끝을 찼다. 허, 이거. 조적공 신사 한 분 탄생하셨구먼. 그러거나 말거나 나는 돌을 향해 걸었다. 돌은 어제 그 자리에 그대로 있었다. 가까이 가서 우선 면장갑부터 찾아 꼈다. 그런 다음 요리조리 돌아가며 돌의 모양새를 다시금 살폈다. 그러던 중 일반 자연석과 다른 점을 발견했다. 하단부 모서리가 깨지긴 했지만 그건 분명 인위적인 흔적이 남아 있는 돌이었던 것이다. 뭐랄까, 새의 날개 무늬 같은 거랄까. 아니, 구름의 문양? 아무튼 뭔가 예사롭지 않아 보이는 돌임이 분명했다. 자료에 의하면 이곳 일대를 광선대라 부르게 된 것도 지형상 푸른 바다와 영도의 봉래산이 보이는 풍광이며 펑퍼짐하게 생긴 형세가 신선이 내려와 노닐던 곳이라는 전설 때문이라지 않던가. 그런 연유로 진시황 때 서불(혹은 서시라 부르기도 함)이 불로초를 찾아 이곳까지 다녀갔고. 그가 남긴 서시과차(徐市過此)라는 표지석이 불과 얼마 전까지만 해도 길 옆에 서 있었다고 하잖은가. 그렇다면 이 돌은 필시 그들과 연관된 것인지 모른다. 신선들이 이 계곡에서 천도복숭아를 씻어 먹고 멱을 감았을 것이니까.

파묻힌 돌을 들어 올리는 건 생각보다 어려웠다. 흔들리긴 하는데 그 자리에 버티고 주저앉은 게 영락없이 사람의 인내심을 시험하는 꼴이었다. 그래서 더더욱 오기로 덤벼들 수밖에. 매달리길 얼마나 했을까. 드디어 묻힌 바닥까지 드러난 순간 어디선가 향내 비슷한 냄새가 풍겼다. 난 재빨리 냄새의 진원지를 찾기 위해 주위를 두리번거렸다. 하지만 주위는 온통 하얀 구름으로 뒤덮여 동서남북을 분간할 수 없을 지경이었다.

그때였다. 눈앞으로 오색구름 같은 것이 솟아오르는가 싶더니 호통 소리가 났다. 역시 때가 되니 알아서 잘 찾아오는구나, 이놈아! 옷자락은 구름처럼 바느질 흔적이 보이지 않았고 얼굴의 수염은 하얀 수초처럼 나풀거렸다. 노인은 뉘신데 초면에 다짜고짜 놈이라 부르세요? 어허허, 이놈이 정말 정신을 차리지 못했구먼. 이놈 환천성! 환천성이라니요? 내 이름은 성환성인데요? 이놈 보게, 인간계에 온 지 얼마나 되었다고 친구 얼굴까지 까맣게 잊어먹다니! 말이 끝나기 무섭게 노인은 쥐고 있던 지팡이로 내가 파놓은 돌을 쳤다. 그러자 눈앞에 낯선 세계가 펼쳐졌다. 물개구름이 두둥실 떠 있고 그 구름 위에는 수염을 늘어뜨린 노인이 타고 있었다. 어떤 노인들은 학을 어깨에 태운 채 환하게 웃고 있었고 어떤 이는 오색찬란한 꽃들이 만발한 나무 아래서 바둑을 두고 있기도 했다. 이곳이 도대체 어디예요? 자네가 살던 곳이지, 어디겠는가. 내가 살던 곳이었다고요? 노인이 고개를 끄덕여 보였다. 그러고 보니 전혀 낯선 곳이 아니란 생각이 들었다. 도화 핀 골짜기와 그 옆의 오두막. 그 집에는 둘도 없이 마음이 통했던 친구 자미성이 살았었다. 그럼 혹시 자네가 자미성? 허허, 이제 생각나는 모양이구먼. 그제야 모든 일이 오롯이 생각났다. 선녀를 너무 흠모하자 상제가 질투하여 두 사람을 갈라놓은 일이며, 자신이 선녀를 따라 인간계로 내려온 사실을. 그제야 선녀의 행방이 궁금했다. 혹시 자네 선녀가 어딨는지 아는가? 그건 자네 하기 나름이지. 내 하기 나름이라니? 생각해보게, 절간의 스님이나 성당의 신부가 자신을 위해 기도하던가? 그렇다면? 그렇네, 사랑을 베풀 때마다 사랑이 점점 가까이 다가오는 법이지.

정신을 차렸을 때에는 그 진한 안개도 노인도 사라지고 없었다. 대신 곁에는 얼굴 가득 걱정이 엉겨 붙은 박 씨만 서 있을 뿐이었다. 혹시 싶어 돌이 있던 곳을 살폈다. 역시 이상한 돌마저 온데간데없이 사라지고 말았다. 박 씨 아저씨! 거참, 박 씨 아버지라 부르면 누가 잡아간대? 아, 농담할 생각 없다니까요. 혹시 여기 있던 돌, 어디로 치웠어요? 돌이라니, 난 자네가 보이지 않아 올라왔을 뿐인걸? 박 씨가 나보다 더 난감한 표정을 지었다.

3부

사람 따라

정과정공원

송공단 내 고관노철수매동효충비

금정구 하정마을 어귀 <황산이방최연수애휼역졸비>

구음의 명인, 유금선

박차정 독립운동가

아리아리 아라리

정과정공원

어둠이 두려운 것은 나아갈 곳을 알 수 없기 때문이다. 유학은 그런 어둠에서 벗어나 나아갈 길을 밝히는 학문이다. 임금 된 자는 응당 자기가 먼저 나서서 나라의 앞길을 밝혀야 하고 신하들을 통솔해 나아가야 한다. 한데 지금의 주상은 어떠한가. 학문을 멀리하면서 스스로 어둠 속에 갇히려 하지 않는가. 정서(鄭敍)는 눈을 들어 어둠이 짙어지는 대문을 또다시 바라보았다. 하지만 주상의 모습은 보이지 않았다. 이러다간 올해 안으로 책거리라도 할 수 있을까 걱정이었다. 서경이 어떤 책인가. 어진 정치를 베풀기 위한 공부 중의 공부가 아니던가. 즉위한 지 얼마나 됐다고 잔치와 격구에만 빠져 지내다니. 주상은 귀도 없단 말인가. 왜 궁궐 내에 쫙 퍼진 소문을 듣지 못한단 말인가. 그때였다. 환관 하나가 우물쭈물 뜰로 들어섰다. 눈치를 살피는 그의 꼴에 대충 짐작이 갔다. 왜 주상은 모시지 않고 혼자 왔느냐? 나으리, 폐하께서 몸이 좋지 못하셔서…. 그런 양반이 격구까지 구경하셨다는 게냐? 전 다만 일찍 자리에 누우셔야 한다고 내전승반께서 전하라 하시기에…. 뭐라, 내전승반이? 예, 그러하옵니다. 정서는 어이가 없었다. 정함이 이제 폐하의 발걸음마저 막고 나서다니. 그렇지 않고서야 철석같이 약속하고 왜 오지 않는단 말인가. 정함이 이렇게까지 전횡을 일삼을 줄 몰랐다. 어릴 적부터 주상과 인연이 있었고 주상을 길러준 유모까지 아내로 삼았으니 주상의 총애를 입는 건 어쩌면 당연했다. 그랬으니 환관의 최고직인 내전승반에까지 오르지 않았겠는가. 그렇다면 주상에게 충성을 다해야 하는 게 아닌가. 그런데 그걸 마치 제가 가진 권세처럼 날뛰다니. 가서 냉큼 이르거라, 지금 당장 주상을 뵈러 간다고!

궐내 사람들의 말에 의하면, 의종은 이미 점술과 도참설에 의지해 국정을 펼치고 있다고 했다. 한 나라의 임금이 그런 주술에 의지해 정사를 펼쳤다가는 나라를 망치기 십상이다. 정서는 그런 주상이 걱정이었다. 그는 작정한 듯 주상의 침실로 잰걸음을 쳤다. 그런데 침실에서 나오는 김존중과 맞닥뜨릴 줄이야. 아니, 아직까지 퇴청하지 않으시다니 주상에게 무슨 급한 일이라도 있소? 정서는 자신도 모르게 쏘아붙이고 말았다. 내시낭중이야말로 무슨 일로 이 야밤에 이곳까지 납시었소? 김존중도 빈정거리며 되받아쳤다. 정서는 이맛살을 사정없이 구겼다. 생각 같아서는 정함과 노닥거리는 행태를 나무라고 싶었지만 일단 참기로 했다. 일이 있으니 왔지 대감처럼 일없이 왔겠소? 어허, 말이 좀 심합니다, 주상의 이모부면 체통은 지키셔야 하는 거 아닙니까? 언제부터 대감이 주상의 친인척 관리까지 맡으셨소? 김존중이 무안한지 얼른 헛기침 몇 방을 입 밖으로 쏟았다. 정서는 그런 김존중을 실눈으로 째려보았다. 예전의 정함이 아니듯 김존중 또한 예전의 김존중이 아니었다. 김존중 또한 폐하가 어릴 적에 글자 공부를 가르친 적이 있었다. 그런 인연을 폐하가 잊지 않고 있다가 그를 높은 자리에 발탁한 것이다. 그랬더니 정함과 작당을 해 조정의 굵직한 사안들까지 자기들 입맛에 따라 농단하기 시작했다. 상황이 이렇게 변해가자 모두 경계하는 눈치들이었다. 어떤 치들은 발 빠르게 정함과 김존중한테 줄을 서기까지 했다. 주상의 침실에서는 끝없이 껄껄거리는 소리가 터져 나오고 있었다.

정함과 김존중이 득세한 것은 인종의 빠른 죽음이 하나의 원인이기도 했다. 38세의 젊은 나이로 인종이 죽자 그의 아들 의종이 왕위를 이어받았다. 의종은 즉위하자마자 문벌세력과 친인척을 멀리하기 시작했다. 태자 신분으로 부친이 묘

청과 이자겸의 난까지 겪는 것을 지켜봤으니 당연한 결과였는지 모른다. 문제는 그런 왕의 속내를 알고 정함과 김존중이 이를 악용한다는 거였다. 난세입니다, 이런 판국에 정습명까지 죽고 말았으니, 원. 말을 꺼낸 이는 거푸 술잔을 꺾어대던 정서의 처남 임극정이었다. 임극정은 성정이 소같이 순해 다들 믿고 따르는 양반이었다. 그런 임극정이 이 같은 넋두리까지 내뱉는다는 건 그 정도로 조정의 기류가 묘하게 흘러가고 있다는 증좌였다. 그러게 말일세, 그렇다고 정습명이 자진까지 하다니 이런 변고가 또 있나. 정서가 화답했다. 이 모든 건 주상의 잘못입니다, 갸륵한 충신의 뜻을 헤아리기는커녕 모리배 말만 들었으니 말입니다. 임극정이 다시 말했다. 그게 어디 주상 탓인가, 정함과 김존중 같은 놈들 때문이지. 정함 무리들이 나라를 망치기 전에 바로잡아야 되지 않겠어요? 안 그래도 오늘 주상을 찾아갔었다네, 그런데 당최 들으려 하지 않으니 어쩌겠나. 정서의 입에서 자신도 모르게 한숨이 터져 나왔다.

사실 정습명이야말로 장소를 불문하고 의종에게 직언을 서슴지 않았던 충신 중의 충신이었다. 인종 또한 습명의 그런 강직함을 알았기에 숨을 거두기 전에 부탁했을 것이다. 의종이 어진 임금이 될 수 있도록 도와달라고 말이다. 의종도 이런 부친의 뜻을 알고 즉위 초까지는 습명과 함께 국정을 의논하곤 했었다. 하지만 시간이 흐를수록 의종은 슬슬 습명을 피하기 시작했다. 피곤할 정도로 고언이 쏟아졌기 때문이다. 이를 알아챈 정함 일당은 주상과 습명 사이를 이간질해댔다. 견디다 못한 습명이 병을 핑계로 사직을 청하고 말았다. 그러자 주상은 습명이 물러나기를 기다렸다는 듯이 그 자리에 김존중을 앉혀버렸다. 그러니 충신이 할 일이 무엇이 있겠는가. 살아 있는 것만으로도 누를 끼치는 일이라면 기꺼이 없어져주겠다며 자진해버린 것이다.

주안상에 둘러앉은 이는 정서와 임극정 외에도 한 사람이 더 있었다. 바로 대령후 경이었다. 경은 부러 대화에 끼지 않으려고 두 눈을 감은 채 잠자코 있었다. 괜히 자신의 생각을 피력했다가 형에게 누가 될 수 있기 때문이었다. 형이 태자일 때 왕위 계승 문제가 불거진 적이 있었다. 형의 게으른 공부와 놀기 좋아하는 성품 탓이었다. 모친 공예왕후는 화가 난 나머지 차남인 경에게 왕위를 넘겨야 한다면서 부친 인종을 설득하고 나섰다. 하지만 인종과 정습명의 반대에 부딪쳐 무산되고 말았다. 하마터면 왕위를 물려받을 수 없었을지도 몰랐기에 마음먹기에 따라 형이 자신의 목을 칠 수도 있었다. 그러니 대령후 경으로서는 몸가짐을 신중히 하지 않을 수 없었다. 그런데도 이 자리에까지 오게 된 것은 모친 때문이었다. 모친이 하나밖에 없는 여동생 생일에 어찌 가만있겠냐면서 선물 꾸러미를 안기며 그의 등을 떠민 것이다.

대령후 경과 같이 정서도 난감하긴 매한가지였다. 공예왕후까지 대령후를 축하사절단으로 보내주니 이에 걸맞은 격식을 갖추지 않을 수 없었다. 그 바람에 악공까지 부르지 않았던가. 물론 악공을 부른 것은 아내보다는 대령후를 위한 마음이 컸다. 대령후의 경우 거의 바깥출입이 없었으니 이모부로서 기쁘게 해주고 싶었던 것이다. 서둘러 마련한 잔치였지만 흠잡을 데는 없었다. 그랬는데 밤이 깊어지면서 하나둘 자리를 뜨자 기다렸다는 듯이 임극정이 시국을 술상 위에 올려놓은 것이다. 그 바람에 그는 계속 대령후의 눈치를 살피지 않을 수가 없었다. 다행히 대령후는 좌선에 든 스님처럼 묵묵히 앉아 있었다.

정서가 매형 이작승을 맞이한 것은 그로부터 며칠 뒤였다. 그날따라 감기 기운도 있고 해서 일찍 내시원을 나와 집에서 쉬고 있던 터였다. 그런데 이작승이 허겁지겁 달려와 하는 말이 그의 눈을 화등잔만 하게 만들고 말았다. 도대체 무슨 잘못을 했다고 어사대에서 자신을 조사한단 말인가. 조사한다는 내용도 믿어지지 않았다. 대령후 경을 왕으로 추대하려고 역모를 꾸몄다니. 그 바람에 자신도 모르게 언성이 높아졌다. 아니, 도대체 누가 그런 있지도 않은 말을 했답디까?

산원 정수개가 주상에게 직접 아뢰었다는구먼. 정수개라니, 저와는 교분도 없는 사람이 무슨 억하심정이 있어 반역죄로 몰았단 말입니까? 글쎄, 나도 그게 수상해서 처남을 찾아온 길일세. 수상하다면 그 자신마저 축출하려고 모의를 했단 말인가. 정수개야말로 정함과 한 집안 사람이니 필시 그런 일을 꾸몄을 수도 있었다. 그런 생각을 하자 정서의 턱이 부르르 떨리고 어금니에 힘이 절로 실렸다.

다행히 반란을 꾀하지 않은 것이 밝혀졌다. 죄 없는 사람을 모함한 정수개는 얼굴에 문신을 새겨 넣는 형을 받은 후 흑산도로 유배까지 가야 했다. 하지만 뒤에서 조종한 정함은 잘못을 뉘우치기는커녕 되레 외척과 조정 신하들이 정서와 대령후의 집을 수시로 들락거렸으므로 틀린 말이 아니라고 항변했다. 그러면서 사태가 이상하게 꼬이고 말았다. 하긴 정함조차도 일이 꼬일 줄은 예상치 못했을 것이다. 그는 단지 '서대 사건'에서 촉발된 분을 어떻게 좀 풀어볼까 하고 저지른 일일 수도 있었다.

서대 사건이란 간추리면 대충 이러하다. 의종이 왕비를 궁주로 승격시키고 축하연을 벌인 적이 있었다. 그때 신하들이 잔치에 참석하려고 나가다가 정함의 모습을 보고 놀랐다. 의종으로부터 하사받은 서대를 허리에 차고 있었던 것이다. 내

시숭반 주제에 서대까지 한 것을 보자 관료들이 호통을 쳤다. 그런데 의종은 그런 정함을 나무라기는커녕 잔치가 파한 후 차고 있던 서대를 다시 정함에게 선물로 하사해버린 것이다. 뿐만 아니라 정함을 어사대 관료로 승진까지 시켰다. 그러자 조정의 신하들이 환관 중에 그런 직책을 맡은 이는 없다며 들고일어났다. 결국 주상도 마지못해 어명을 거두기는 했다. 하지만 보복할 기회를 노리고 있던 정함은 생일잔치 모임을 빌미로 정수개를 꼬드기고 말았던 것이다.

사태는 그렇게 매듭이 지어지는 듯했다. 그런데 5월이 되면서 다시 불거지고 말았다. 질서 문란의 책임을 정서에게도 물어야 한다는 상소 때문이었다. 상소문이 올라오자 때를 기다렸다는 듯이 김존중이 나섰다. 여기에 김존중과 정함에게 줄을 대던 신하들까지 가세했다. 조정이 들끓으니 주상으로서는 고민이었다. 반역을 꾸미지 않았으므로 죄를 물을 수 없었지만 그렇다고 신하들의 호소를 그냥 무시할 수도 없었던 것이다. 주상은 마지못해 저간의 일을 다시 세세히 조사해 올리라고 명했다. 임금의 명령이 떨어지기 무섭게 병부의 군졸들이 정서의 집으로 들이닥쳤다. 누명을 벗어 안심하고 있던 정서에게는 그야말로 아닌 밤중의 홍두깨인 셈이었다.

누가 시켰느냐? 정함이 나를 잡아오라고 시키더냐? 아니면 김존중이냐? 할 말은 병부에 가서 하시오, 우리는 그저 어명을 받들 뿐이오. 정서는 가족 앞에서 꼼짝없이 오랏줄에 묶여 압송당하는 처지가 되고 말았다.

병부에는 이미 대령후 경을 모시던 사람들이 줄줄이 굴비두름이 되어 있었다. 그 속에는 악공도 끼어 있었다. 악공은 벌써 태형을 당한 후인지 아랫도리에 핏자국이 흥건했다. 음악이 좋아 악기를 타고 노래가 좋아 자리에 앉아 흥을 북돋웠을 뿐인데 그것이 죄가 되어 매를 맞고 유배까지 당하게 되었다. 물론 그런 억울함은 정서도 매한가지였다. 곤장 100대와 함께 동래 유배령이 떨어졌으니 말이다. 폐하! 이건 너무 억울하오이다. 정함과 김존중이 나를 모함하여 참언한 것입니다. 통촉하여주소서! 하지만 주상으로부터는 아무 말이 없었다. 정서는 형틀에 묶여 곤장을 맞다가 그만 의식을 잃고 말았다.

정신이 좀 드시옵니까? 정신을 차렸을 때에는 방 안이었다. 부인 장흥임씨는 얼마나 울었던지 얼굴이 눈물범벅이었다. 부인, 대령후는 어찌 되었소? 대령후가 사는 집만 없애는 것으로 일단락 지었답니다. 그제야 그는 안도의 숨을 내쉴 수 있었다. 혹여 대령후의 목이라도 날아갔다면 저승에 가서 동서 인종을 어찌 본단 말인가. 그러니 관직을 갖고 있던 처남과 매부들이 좌천된 것만으로도 다행이라 여기지 않을 수 없었다. 물론 좌천의 이유가 잔치에 그릇을 빌려주어 신하의 체면을 구겼다는 점, 탄핵을 알면서 부러 대궐에 들어오지 않았다는 점 등 터무니없었지만 관직을 잃지는 않았으니까. 신하이기에 왕명을 따르는 것은 당연한 법. 그것이 충이지 않은가. 그는 주상의 명을 받들기로 했다. 더군다나 주상이 직접 지금은 조정이 시끄러워 어쩔 수 없으니 잠시 가서 있으면 곧 부르겠다고 하지 않았는가. 그러니 아내의 말마따나 맘 편하게 요양하는 셈 치고 떠나면 될 일이었다. 더군다나 그를 모함했던 정함마저 주상이 파면했으니 그것만으로도 공정한 일처리이지 않은가.

해가 바뀌었지만 주상의 약속은 지켜지지 않았다. 파직한 정함을 주상이 다시 복직시켰기에 그의 실망감은 더욱 컸다. 하지만 그는 주상을 믿기로 했다. 궐내 사정이 여의치 않아 시일이 조금 걸릴 뿐, 주상은 약속을 어길 분이 아니니까. 그런 맘 덕분일까. 이왕 기다리는 거, 의미 있게 보내고 싶었다. 때마침 조정에서 권농책을 펼치고 있었다. 손수 땅을 개간한 사람에게는 경작권까지 인정해주고 세금까지 깎아준다니 관리로서 백성들에게 모범을 보이는 것도 좋을 듯했다. 그는 동래정씨 문중의 양해를 얻어 강기슭의 일부를 밭으로 일구었다. 그리고 그곳의 토질에 맞추어 오이를 심었다. 그런 다음 손수 정자도 지어 과정(瓜停)이라는 이름까지 붙였다. 그렇게 하루하루를 보냈지만 밤이면 몰려오는 외로움만은 그도 어쩔 수 없었다. 그런 밤이면 그는 거문고를 친구 삼아 노래했다.

그러던 어느 해 가을이었을 것이다. 동쪽 하늘에서 때아닌 혜성이 나타났다. 불길함이 뇌리를 스쳤다. 아니나 다를까 장인 임원후가 죽었다는 비보가 날아들었다. 당장이라도 올라가서 장인의 영정 앞에서 용서를 빌고 싶었다. 사위로서 역할도 못하고 아내마저 제대로 보살피지 못한 죄가 너무 컸다. 하지만 영정 앞에 다가갈 수도 없는 몸이라 더 마음이 아팠다. 서둘러 하인을 개경으로 보내는 것으로 그의 마음을 표현할 수밖에 없었다. 하인의 손에 부인에게 보내는 편지를 쥐여주는 일 또한 잊지 않았다. 한데 한 달여 만에 돌아온 하인이 들려주는 말이 그의 가슴을 아리게 만들었다. 주상이 맨날 향락에 빠져 지낸다는 거였다. 그러니 정함 같은 모리배들이 더욱 기승을 부릴 수밖에. 오죽했으면 무인 최숙청이 횡포를 보다 못해 목을 베어버리고 싶다고 했다가 유배까지 당하고 말았을까. 그럼에도 정함은 자신의 잘못을 깨닫지 못하고 있었다. 나라의 앞일이 걱정이었다. 그가 주상의 곁에 있었다면 달라지지 않았을까. 잠이 오지 않았다. 그는 자신이 지은 노래를 부르며 거문고를 탔다. 후세 사람들이 〈정과정곡〉이라 부르는 노래였다.

내 님을 그리워하여 울며 지내나니
산 접동새와 내가 비슷합니다.
아니시며 거짓임을 아으
잔월효성이 아실 것입니다.
넋이라도 님과 함께 가고 싶습니다, 아으
빼기던 이 뉘셨습니까?
잘못도 허물도 천만 없습니다.
뭇사람의 거짓말입니다.
슬프구나, 아으
님이 하마 나를 잊으셨습니까?
아으, 임이시여! 다시 들으시어 사랑해 주소서.

그렇게 유배지에서 보낸 세월도 어언 6년째. 하지만 들려오는 소문은 해괴하기 짝이 없었다. 정함 무리들이 아예 대놓고 점쟁이들까지 끌어들여 국사를 유린한다는 거였다. 점쟁이는 정월 초부터 삭풍이 불어대자 나라에 근심이 발생할 것이라며 주상의 마음을 흔들었다. 그러면서 이런 근심을 없애려면 절에서 제사를 지내고 궁도 새로 지어야 한다고 호들갑까지 떨어댔다. 그러자 주상은 앞뒤 가릴 것도 없이 다섯 개의 절에 제사를 지내는 한편 아우 익양후의 집을 빼앗아 궁궐을 짓기에 이르렀다. 하지만 이건 약과였다. 점쟁이는 반란이 일어날 것이라며 그 씨앗을 지금 당장 없애야 한다고 주상을 다그치기까지 했다. 급기야 주상은 그 말을 믿고 행동에 나섰다. 일부러 모친 공예왕후를 절에 다녀오게 한 후 대령후 경을 천안으로 유배시켜버린 것이다. 그럼에도 안심이 되지 않았던지 동래에 있던 정서마저도 더 먼 거제도로 유배를 보냈다. 그는 눈물을 흘리며 새로운 유배지로 떠나지 않을 수 없었다.

그렇게 찾아온 유형의 섬, 거제도. 섬에서 그는 촌로처럼 농사를 지으며 생을 연명해야 했다. 그러는 동안에도 정함 일당의 횡포는 멈출 줄 몰랐다. 정함은 축적한 재산으로 금빛 찬란한 집을 새로 지어 경명궁이라는 편액까지 내걸었다. 사람들은 그런 화려한 건물을 보며 개가 머리를 들고 주인한테 짖어대는 형세라고 혀를 찼지만 그는 아랑곳하지 않았다. 정서는 그런 소식을 들을 때마다 절망하고 절망했다. 그렇게 세월은 속절없이 흘러갔다.

그렇게 유배생활을 한 지 19년째 되던 해였다. 머리털이 하얗게 센 늙은이가 된 정서에게 뜻밖의 소식이 날아들었다. 왕이 이곳으로 행차한다는 것이었다. 그는 그의 귀를 의심하지 않을 수 없었다. 세상에, 이 먼 곳까지 폐하께서 직접 오다니. 이것이 그간의 억울함에 대한 주상의 보답이란 말인가.

임금의 배려가 고맙고 고마웠다. 그런데 그건 그의 착각이었다. 주상이 이곳을 찾은 연유는 따로 있었다. 문신들의 횡포에 참다못한 무신들이 들고일어나 정함과 김존중 일당을 제거하고 의종까지 거제도로 쫓아버린 것이었다. 혹시 정함은 어찌 되었는가? 개경에서 달려온 사령에게 물었다. 말해 무엇하겠습니까, 사람들이 목도 없는 시신을 천 갈래 만 갈래 찢어지도록 길거리에 끌고 다녔습지요. 정함이 목이 날아갔다지만 이상하게 허탈했다. 마치 모든 게 꿈만 같았다. 그토록 기다리던 해배령이었지만 전혀 기쁘지 않았다. 그렇게 그가 믿고 기다렸던 임금이 자리에서 쫓겨나 그보다 더 비참한 신세가 되다니. 그는 사령이 건넨 해배문서를 쥔 채 그 자리에 주저앉아 통곡하고 또 통곡했다.

정서는 개경으로 돌아왔다. 그리운 가족들을 만났고 그렇게 원하던 원상복직도 되었다. 하지만 예전의 젊은 그가 아니었고 그가 머물던 궐내가 아니었다. 무신들이 활개를 치고 있었고 새로 주상이 된 명종은 허수아비에 불과했다. 정서는 명종에게 나아가 청했다. 이제 억울함을 풀었으니 원이 없으며 나이도 있으니 물러나게 해달라고. 명종은 기꺼이 그의 청을 받아들였다. 그렇게 한가하게 노후를 보내고 있을 때, 의종의 시해 소식이 들려왔다. 거제도에 있던 의종을 김보당이 복위운동을 위해 동경(경주)으로 모셔 갔는데, 이를 안 팔척

장신 이의민이 맨손으로 의종의 허리를 꺾어 죽여버렸다는 것이었다. 그렇게 의종을 살해한 것도 모자라 시신을 가마솥 안에 넣어 줄로 꽁꽁 묶은 다음 연못에 집어던져 버렸다고 했다. 그 소식을 듣는 순간 정서는 쓰러졌고 두 번 다시 일어설 수 없는 몸이 되고 말았다.

그해 사흘 동안

송공단 내
고관노철수매동효충비

매동은 엎드린 채로 슬며시 중앙의 단에 놓인 전패(殿牌)를 올려다보았다. 순간, 그는 마치 임금의 용안이라도 훔쳐본 듯 재빨리 고개를 돌렸다. 그러고는 다시 걸레질을 계속했다. 관례대로라면 낼모레가 보름이니 부사는 응당 이곳을 찾아 향월궐배(向月闕拜)를 행할 터였다. 그러니 이곳 객사 소제야말로 당연한 수순이었다. 하지만 이곳이 어떤 곳인가. 어전이나 다름없는 상서로운 공간이 아니던가. 그런 의미를 알기에 부사 또한 이곳 소제만큼은 애첩 금섬에게 직접 맡기지 않았던가. 한데 무슨 생각으로 그에게 이곳 소제를 부탁한 것인지 알 수가 없었다. 혹여 이곳의 일이 떠올라서 그랬을까.

신임 부사는 달포가 지나도록 부임하지 않았다. 성의 주문인 남문 앞에서 목을 빼던 향리들도 하나둘 작청으로 돌아갔다. 그러던 어느 날이었다. 허연 도포자락을 휘날리며 웬 사내 하나가 서문으로 들어섰다. 서문을 지키던 포졸이 무슨 용무냐고 물었지만 사내는 아무런 대꾸가 없었다. 매동은 비질을 멈추고 사내의 동정을 살폈다. 그런데 사내는 한 치의 머뭇거림도 없이 객사로 향하는 것이 아닌가. 놀란 그가 달려가 사내 앞을 막고 나섰다. 나으리, 외람스럽지만 향청(鄕廳)은 이쪽이 아니라 아래쪽이옵니다. 알고 있다! 사내는 멈췄던 걸음을 다시 재우쳤다. 걸음새는 묵직했고 풍채는 크지 않았지만 당당했다. 매동은 재차 사내 앞을 가로막고 나섰다. 나으리! 이곳은 임금님의 전패를 모신 곳입니다. 아무나 출입할 수 없는 곳이옵니다. 어허, 이놈이 감히? 자네 이름이 무엇인가? 매동이라 하옵니다만. 매동이? 아주 영특한 놈이로고, 내 너의 이름을 잊지 않으마.

부사는 정말 매동이란 이름을 잊지 않았다. 며칠 뒤 그를 불러 일개 방노(房奴)로 하여금 시노(侍奴) 노릇을 익히는 특전까지 베풀었다. 그러니 이곳 객사의 일을 그도 어찌 잊을 수가 있을까. 그새 해가 이우는지 실내가 어두웠다. 그렇다면 이제 조만간 훤한 달이 떠오를 것이다. 그러면 성안의 사람들도 미뤘던 마실을 나서곤 할 터였다. 그러고 보니 그 또한 철수 형의 집을 찾은 지 오래였다. 오늘 밤 철수 형이나 찾아볼까. 그런 생각을 하자 갑자기 마음이 바빴다. 집으로 향하는데 내아의 담 너머에서 매동아, 하는 조심스러운 소리가 났다. 마님의 몸종 만개의 목소리였다. 그는 못 들은 척 부러 걸음발을 재촉했다. 잠깐만 기다려봐. 너한테 할 얘기가 있다니까! 할 얘기란 뻔했다. 부엌일을 하다가 벌어진 시시콜콜한 일이거나 아니면 애첩 금섬에 대한 험담이겠지. 그걸 알면서도 걸음을 멈춰 늦춰 잡은 것은 성가시게 집까지 쫓아올까 봐서였다. 또다시 신여로 노인의 눈에 발각되었다가는 어떤 혼뜨검을 당할지 모른다. 여로 노인이 어떤 분인가. 관노 중의 우두머리이기 이전에 어린 그와 철수 형을 자식처럼 보살펴준 분이 아니던가. 여로 노인은 늘 그에게 당부했다. 너는 우리와 씨가 다르다, 네 아비가 미쳐 날뛴 것도 억울해서 그런 것임을 한시라도 잊지 마라. 면천(免賤)! 이 얼마나 간절한 바람이던가. 아버지에겐 면천이 곧 명예 회복이었고, 뿔뿔이 흩어진 가족과 상봉하는 날이었다. 하지만 아버지에게 면천의 길은 멀고도 멀었다. 그러니 스스로 생을 마감할 수밖에. 그렇게 갈망하던 아버지의 소원을 여로 노인은 얻었다. 하지만 너무 늦은 나이에 얻었다는 게 문제였다. 이 늙은이가 성 밖에 나간들 무얼 하겠소? 그냥 하던 일이나 마저 하다가 죽도록 해주면 고맙겠소. 향리들도 그런 그의 뜻을 받아들였다. 그 바람에 지금껏 관청지기 일을 계속

하고 있는 것이다. 만개가 물 항아리를 든 채 허겁지겁 달려왔다. 꼴에 또 물 긷는 핑계라도 둘러댄 모양이었다. 그녀는 주위를 두리번거리더니 재빨리 치마 속을 뒤졌다. 시장하지? 이거 나중에 너 혼자 먹어. 이거 훔친 거 아냐? 훔치긴, 너 주려고 안 먹고 아낀 건데. 너 자꾸 안채 주전부리에 손대다간 큰일 난다? 그런 건 걱정 마. 만개가 눈꼬리까지 휘어가며 환하게 웃었다. 그 모습이 그다지 싫지는 않았다. 하지만 어쩌겠는가. 그의 마음은 이미 다른 사람에게 가 있는 것을. 그는 만개가 건넨 곶감을 쥔 채 곧장 몸을 돌려세웠다.

마당으로 들어서자 갓난애 우는 소리가 났다. 매동은 부러 헛기침을 했다. 작은방 뙤창문이 열리더니 철수 형이 고개를 내밀었다. 아우가 기별도 없이 웬일인가? 그냥 잠도 안 오고 심심해서 왔죠, 뭐. 매동이 방으로 들어서자 방 한가운데에 놓인 화선지가 눈에 띄었다. 또 그림 타령이우? 이게 제일 재밌는 걸 어쩌겠나. 근데 이건 통 못 보던 그림인데? 응, 그냥 간밤에 희한한 꿈을 꿨거든. 무슨 꿈인데 사모관대를 한 양반까지 납셨다우? 낸들 그걸 알아? 혹시 형이 면천해 장영실같이 되는 꿈 예시한 거 아니우? 설마 그런 일이 있으려구. 형이 못하면 안방에 누운 저놈이 할지 그건 모르지. 그러자 철수 형이 빙긋이 웃는다. 그럴지도 모르겠네, 우리가 먼 뒷날의 일을 어찌 짐작하겠는가. 그나저나 형, 내일도 성 밖둔전에 일하러 가우? 그게 곶감 들고 찾아온 연윤가? 부탁이우, 나도 같이 데려가주우. 부사 나리가 찾으시면 어쩌려고? 그거야 여로 노인한테 일러두면 되우. 그럼 나더러 호방한테 허락을 받아달라? 매동이 고개를 세차게 주억였다. 일단 알겠네만 김상의 딸년 때문이라면 이쯤 해서 마음을 접게. 나도 그러고 싶소, 근데 그게 안 되는 걸 어쩌우. 창수는 답답하다는 듯 한숨을 내쉬었다.

일이 손에 잡히지 않았다. 어미가 샘에서 낳았다고 새미란 이름을 가진 그녀. 그녀는 도대체 어디로 간 것일까. 반나절이 넘도록 보이지 않다니. 혹시 멀리 다니러 간 건 아닐까. 그녀의 얼굴 한번 보지 못한 채 호미질만 하려니 속이 답답해 미칠 지경이었다. 그때였다. '령(令)' 자가 적힌 깃발을 든 포졸들이 골목길을 돌아다니는 게 보였다. 뿐인가. 향청의 이속들까지 업무를 작파하고 성 밖으로 나도는 중이었다. 성안에 무슨 일이 일어났는가. 뒤늦게 낌새를 알아차린 철수도 허리를 펴고 불안한 눈을 하고 있었다. 부사의 말대로 왜구가 노략질하러 여기까지 온 거 아니우? 암만 그래두 그놈들이 겁도 없이 여기까지 오려구. 근데 조짐이 이상했다. 남정네들이 괭이며 낫을 들고 성으로 몰려가고 있었던 것이다. 우리도 이러고 있을 일이 아니구먼, 임자, 어서 들어가자구. 철수 형의 말에 갓난아기를 업은 그의 아내도 일손을 놓고 성으로 향했다. 동문은 활짝 열려 있었다. 포졸 하나가 긴장한 눈을 한 채 안절부절못하고 있었다. 무슨 일이오? 왜구가 쳐들어왔다네, 그 소식을 전하러 부산진성의 통인(通引)까지 급히 달려왔다네.

성안은 생각보다 긴박하게 돌아가고 있었다. 말을 관장하는 구노(驅奴)는 편자를 끼우느라 정신이 없었고, 창노(倉奴)는 창노대로 무기들을 꺼내어 손질하느라 여념이 없었다. 창망 중에도 인근으로 부사의 수결이 담긴 파발이 달려나가고 몰려온 읍민들로 동헌 뜰과 그 앞은 그야말로 북새통이 따로 없었다. 이럴수록 질서를 지켜야 합니다, 어서들 동청 밖으로 나가시오! 노회한 청지기답게 여로 노인이 사람들을 동헌 밖으로 내몰고 있었다. 부사로부터 영이 내려진 내막을 듣고 싶소, 우린 못 나가오! 그건 곧 알게 될 것이오, 그러니 동헌 앞에서 잠깐만 기다리시오. 매동과 철수도 여로 노인을 도와 사람들을 동헌 밖으로 밀어내기 시작했다. 겨우 사람들을 몰아내고 동헌 문이 닫히자 여로 노인은 안도의 한숨을 내쉬었다. 때 없이 화창한 날씨. 이런 훤한 대낮에 전쟁이라니, 나 원 참. 여로 노인의 말에 매동은 하늘을 우러러보았다. 여로 노인의 말처럼 전쟁이 났다면 하늘에 무슨 징조라도 보여야 했다. 한데 어제와 똑같이 해는 떠 있고 날씨는 화창했다. 그러니 이 변고를 그 자신조차 믿을 수 없었다. 매동아, 하고 여로 노인이 그를 불렀다. 예, 청지기 어른. 지금부터 너는 한시도 부사 나으리 곁을 떠나지 마라. 예, 알겠습니다. 그리고 철수 자네는 객사를 방비하게, 그곳이 어떤 곳인지 자네도 알고 있지? 알다마다요.

통인의 말대로라면 진성을 함락시킨 왜구들이 이곳으로 몰려와야 했다. 하지만 밤이 늦도록 적병은 보이지 않았다. 그러자 객사를 지키던 철수 형이 무료했던지 그가 있는 동헌으로 왔다. 야, 근데 놈들이 언제 온대냐? 형은 꼭 전쟁이 일어나길 바라는 것 같으우? 나라고 그걸 바라겠냐. 다만 생각 같아선 나라가 한번 뒤집어졌으면 해서 하는 말이지. 하긴 철수 형의 말이 맞는지 모른다. 우리 같은 천한 것들은 경천동지(驚天動地)만을 기다리며 사니까. 경천동지만 일어난다면 저 성벽이 더 이상 우리를 가두지 못할 것이고 자유를 만끽할 수 있으니까. 형은 막연히 면천의 기회가 왔다고 여기는지 모른다. 적어도 나라를 위해 공을 세운다면 자신의 피만큼은 자식에게 물려주지 않을 수 있으니까. 그런 게 자식을 둔 부모의 마음 아니겠는가. 그러고 보니 형도 이제 제법 어른스러워졌다. 그나저나 새미는 어떻게 되었을까. 피신이라도 제대로 했을까.

인근 고을의 수령들과 군사들이 속속 성안으로 모여들자

내아의 만개며 금춘이도 바빠졌다. 성의 수비를 놓고 동헌에 모인 수령들은 서로 언성을 높이기도 했고 누군가는 문을 박차고 성을 빠져나가기도 했다. 그 사이에 날은 희붐하게 밝아왔다. 여태 보이지 않던 적병들이 남문 앞에 하나둘 모습을 드러내기 시작했다. 적병은 끊임없이 몰려왔다. 몰려온 그들은 성을 에워싸기 시작했다. 성벽 위에 활과 무기로 무장한 군인들과 남정네들이 적의 공격을 대비하고 있었지만 그들도 엄청난 적군의 수에 두려워하긴 매한가지였다. 한 번도 전쟁을 겪지 않은 사람들. 그들의 눈앞에 펼쳐진 광경이야말로 꿈처럼 믿을 수 없는 현실이었던 것이다. 전운이 드리우자 부사의 표정 또한 어두웠다. 그렇게 대치 상태가 계속되었다. 그런 와중에 인근 초가집이 불타는 검은 연기가 성벽을 타넘자 아낙들은 일제히 울음보를 터뜨렸다. 삽시간에 성안이 울음바다로 변했다.

총포가 소리를 내기 시작했다. 적병들이 일제히 성으로 공격을 감행했다. 성벽으로 다가오는 적을 향해 화살을 쏘아댔지만 그 수는 줄어들지 않았다. 그런데도 부사는 저 많은 적병이 한양으로 진군한다면 큰일이라면서 성을 사수하라고 독려했다. 하지만 지원군이 올 때까지 버텨낼 수 있을까. 급창(及唱), 아니 매동아! 예, 하면서 그는 놀란 눈을 한 채 조복으로 갈아입은 부사를 쳐다보았다. 넌 꼭 살아서 내 시신을 수습하거라. 나으리, 무슨 그런 말씀을? 혹여 내 목이 달아나거든 내 옆구리에 콩알만 한 사마귀가 있다는 것을 잊지 말고. 말을 마치기 무섭게 부사는 몸을 돌려 객사 안으로 들어갔다. 그제야 매동은 객사 앞에 창을 쥔 철수 형을 바라볼 수 있었다. 철수 형이 쥔 창이 사시나무처럼 떨리고 있었다. 아우, 내가 어찌 되거든 우리 임자랑 아이를 자네가 맡아야 하네. 나도 형한테 부탁이우, 나 죽으면 새미한테 용맹스럽게 싸우다가 죽었다고 전해주슈. 두 사람은 한동안 서로 바라보면서 눈시울만 붉혔다. 객사 뒤편 정원루 앞에는 향교의 양반 셋이 서 있었다. 누각 위에 모신 것은 필시 향교에서 모셔온 공자의 위패일 터였다. 잠시 뒤 객실 안에서 부사의 울음소리가 울려 퍼졌다. 전하, 불충한 소신 마지막 인사 올리옵니다. 총민(聰敏)을 발휘하시어 부디 난세를 바로잡으소서!

저 벼들처럼 어깨를 겯고

금정구 하정마을 어귀
〈황산이방최연수애휼역졸비〉에 부쳐

밤에 개들이 짖는 것은 혼백 때문이라고 했지. 인간과 달리 개는 혼백을 본다고 했으니까. 그렇다면 오늘 밤에는 또 어떤 억울한 혼백이 이곳을 다녀간 것일까. 혹시 수명이 아버지, 바우는 아닐까. 그러고 보니 바우의 기일도 며칠 남지 않았다. 바우는 똑똑해서, 너무 똑똑해서 이승살이가 괴롭다고 했었지. 괴로움을 잊으려 술을 찾았지만 술이 신분의 굴레를 풀어주지는 못했다. 결국 바우는 제 몸 스스로 나뭇가지의 열매가 되었다. 열매가 되기에는 너무 이른 나이였다. 이보게, 연수. 자네만은 제발 나 같은 존재를 업신여기지 말게. 작청에 든다는 소식을 듣고 바우가 한 말이다. 같은 해에 태어나 삼이웃으로 자랐으니 죽마고우였던 두 사람. 하지만 하나는 커서 노비가 되었고, 하나는 자라서 역리가 되었으니 바우의 마음은 어떠했을까. 바우에 대한 회한 탓인가, 아니면 끊임없이 짖어대는 개 울음 탓인가. 잠이 멀리 달아나고 말았다. 더 누워 있어봤자 잠들기는 틀렸다 싶어 연수는 이부자리를 밀치고 일어났다. 밖으로 나서니 마당에는 허연 달빛이 흥건하게 고여 있다. 이제 이틀 뒤면 보름달이 떠오를 것이다. 그러면 황산도는 밤길을 재촉하는 장사치들로 넘쳐날 것이다.

황산도는 밀양 유천에서 동래까지 뻗은 길을 지칭하는 말이다. 이 길은 다시 대구, 김해, 울산으로 갈라져 한양까지 이어지는데, 길목마다 각종 공문서와 사신, 관수물자를 운송하는 데 필요한 역마를 관리하는 역참이 있다. 역참 중에서도 황산도의 중심 역참이 바로 이곳 황산역이다. 황산역은 일반 속역과 달리 규모가 대단해서 종사하는 역노만 해도 수백 명에 이른다. 그러니 연수 같은 역리들이 바쁘게 움직일 수밖에. 일찌감치 아침밥을 챙겨 먹은 연수는 역참을 향해 종종걸음을 친다. 햇살이 퍼지기 전이라 그런가. 아니면 백로가 지나서 그런가. 금세 한기가 느껴지고 어금니에서 목탁 소리가 날 정도다. 이럴 줄 알았으면 속옷이라도 하나 덧입고 등청할 걸 그랬나. 괜히 후회스럽다. 연수는 역참의 정문인 남문으로 들어서 외동헌 쪽으로 곧장 몸을 꺾었다. 찰방의 안부가 궁금했던 것이다. 안 그래도 부임하자마자 한 첫 번째 일이 밥상머리에 앉아 미간 찌푸리는 것 아니었나. 그런 찰방이 이틀 동안 아프다고 누웠으니 더욱 신경이 쓰일 수밖에. 외동헌에 도착하니 아무런 인기척이 없었다. 몸이 아직 안 좋은가. 연수는 몸을 돌려 이번에는 찰방의 숙소인 내동헌으로 향했다. 하지만 거기서도 인기척을 느낄 수 없었다. 움직이는 거라고는 불그스름해지는 감잎을 잡고 흔드는 바람뿐이었다. 연수는 천천히 마루 위로 올라섰다. 찰방이 잠든 방 가까이 다가가자 드르렁, 코 고는 소리가 난다. 이제 달라진 환경에 적응했는가. 깊은 잠에 빠진 게 다행이다 싶어 연수는 조심스레 돌아섰다. 그러고는 관청으로 향했다. 관청은 역참에서 관리들의 음식을 관장하는 곳이니 이 시각에 제일 바삐 움직여야 할 공간이다. 하지만 남정네가 감히 들락거릴 수 없음에도 굳이 그곳을 찾아간 이유가 있다. 그건 찰방의 입에서 또다시 반찬 투정이 나오지 않게 당조짐하기 위해서였다. 하지만 그런 말도 꺼내기 전에 부엌마당에 발걸음을 멈춰 세우고 말았다. 아궁이 앞을 왔다 갔다 하는 그림자 때문이었다. 분명 볼점이네일 것이건만 연수는 수명이네를 본 듯 꼼짝할 수 없었다. 관노 신분만 아니었다면 저곳에 있지도 않았을 수명이네. 여느 부엌데기와 달리 곱상하고 예뻤던 그녀였기에 관청의 관리치고 입 대지 않은 이가 없을 정도였지 않은가. 그랬기에 연수 또한 연정을 품지 않을 수 없었다. 자신의 마음을 받아준다면 그녀처럼 미천한 노비가 되어도 상관없다고 여겼다. 하지만 그녀는 이미 바우에게 마음을 준 다음이었다. 그랬으니 그가 마음을 접을 수밖에. 그게 바우를 위해 보여줄 수 있는 유일한 우정이었다.

관청의 돌담을 에돌자 마방이 나타난다. 마방에는 역마들이 있다. 역참에서 가장 대우받는 이들. 나라의 중요한 문서를 전달하고 관수물자를 운반하기에 항상 건강을 살피고 먹이조차 신경 써야 한다. 사람들은 모른다. 말이 얼마나 예민한 동물인지를. 말은 소와 달리 위가 작아서 수시로 먹이를 먹어야 하고 사료 또한 깨끗하지 않으면 곧잘 탈을 일으키기도 한다. 그래서 항상 마방꾼의 신경을 곤두세우는 존재들이다. 이곳 황산역에 대기 중인 말만 해도 무려 마흔 마리가 넘는다. 대마 7마리, 중마 29마리, 짐 싣는 복마(卜馬) 10마리 등 모두 46마리다. 그러니 말이 먹는 건초더미만 해도 어마어마하다. 연수가 마방 가까이 접근하자 말들이 일제히 부산을 떤다. 입에는 건초를 잔뜩 문 채로. 역시 마부 영감은 부지런하다. 벌써 마방을 다녀가다니. 그런데 중마 한 마리의 표정이 어째 수상하다. 앞에 놓인 여물통의 건초까지 남아 있는 걸로 보아 탈이 난 게 분명하다. 그렇다면 입마에서 빼는 게 상책일 듯. 건초창고로 가니 아니나 다를까 마부 영감이 건초를 물에 씻고 있다. 건초를 물에 씻는 이유는 당연히 청결을 유지하여 말의 소화불량을 막기 위해서다. 마부 영감, 중마 한 마리가 어째 탈이 난 듯한데 확인했소? 예, 안 그래도 말씀드리려고 했는뎁쇼, 아무래도 어제의 행마가 너무 과했나 봅니다. 나이 들면 인간이나 말이나 힘든 건 매한가진 모양입니다, 허허허. 그나저나 이방께서는 언제까지 수명이 글자 공부를 시킬 작정이오? 그거야 수명이 하기 나름이지요. 마부 영감이 연수의 마음을 알았다는 듯이 고개를 끄덕였다. 그러고 보니 건초창고에서 수명이에게 글자 공부를 시킨 것도 벌써 두 달 가까이나 되었다.

언젠가 마방 앞에서 나누었던 수명과의 대화를 잊지 못한다. 그때 수명이 뭐라 했던가. 보기엔 똑같은데 어떻게 좋은 말과 나쁜 말을 구분하느냐고 물었던가. 그래서 말해주었을 것이다. 사람도 달음박질이 빠른 사람이 있고 느린 사람이 있듯이 말도 재능이 다를 뿐, 좋은 말과 나쁜 말은 따로 없다고. 그랬더니 수명은 그런 재능은 또 어찌 알아보느냐고 되물었었지. 그래서 일러주었을 것이다. 보통 앞가슴이 쫙 벌어지고 다리와 목이 긴 말은 잘 달리고, 엉덩이가 낮아 다리가 짧은 말은 느리지만 힘이 좋아 짐 싣기에는 제격이라고. 그랬더니 수명이 한탄했었다. 자신은 아무래도 재능이 없는 것 같다고. 그때 연수는 도리머리를 했다. 아니라고, 수명이 넌 글자를 외우는 놀라운 재주를 타고났다고. 그러면서 글자를 외우면 글자 속에 숨어 있는 또 다른 세상이 보인다고도 했었다. 그러고 나서 연수는 움찔 놀라고 말았다. 말하고 보니 그게 바로 수명의 아버지, 바우의 비극적 운명이었으니까. 그런 아비의 삶을 수명에게 얘기하고 있었으니 뜨끔할 수밖에. 이후 그는 수명과의 대화를 나눌 때면 조심스러워지지 않을 수 없었다. 이방 나리, 밤새 안녕하셨사옵니까? 연수의 등 뒤에서 맑은 시냇물 같은 목소리가 난다. 돌아보니 볼점이가 환하게 웃으며 서 있다. 아니, 이른 아침부터 볼점이가 웬일이냐? 내동헌 소제는 아직 멀었는데. 글쎄 말입니다. 집에 있으라고 해도 맨날 어미 도와준다고 이리 나오네요, 나리. 마침 물동이를 이고 우물로 향하던 볼점이네가 지나가다가 한마디를 던졌다. 어이쿠, 우리 역참에 이런 효녀가 다 있었다니! 볼에 점이 그냥 있는 점이 아니었구먼, 허허허. 연수는 모처럼 호탕하게 웃었다. 그러자 볼점이는 부끄러운 듯 고개를 외로 틀었다. 이제 막 가슴앓이를 시작했다고 했던가. 연수는 엄마 뒤를 따라가는 볼점이를 지켜보며 생각했다. 천한 계집종의 몸에서 어찌 저리 탐스런 것이 났을까 하고서. 사실 볼점이네는 아직 볼점이 아버지가 누구인지 말하지 않았다. 하지만 역참의 사람들은 안다. 볼에 점이 있던 찰방이 근무한 적이 있었다는 사실을.

연수가 작청에 나타나자 호형호제하는 공방이 기다렸다는 듯이 입을 연다. 젊은 찰방이라 내심 기대했더니 이건 웬 불상놈이 온 건 아니우? 이 사람아 말조심하게, 누가 듣겠네. 아니, 내가 뭐 틀린 말이라도 했수? 그래도 찰방은 역참의 최고 관리라네, 상하의 규율을 우리가 어기면 어쩌나. 차암, 이방 형님도. 형님은 길바닥에 굴러다니는 소문을 아직 못 들었소? 무슨 소문을 말인가? 그 왜 찰방이 장희빈 치맛자락을 잡고 여기까지 불려왔다는 소문 말이우. 이 사람, 아무리 조정이 뒤숭숭해도 찰방이 얼마나 중차대한 자린데 일개 아녀자의 연줄을 타고 여기까지 온단 말인가. 세상이 뒤숭숭하니까 하는 말이잖소, 그렇지 않고서야 어찌 부임해 오자마자 저리 방구석에만 뒹굴 수 있단 말이요? 물만 바꿔 먹어도 탈이 나는 게 인간이네, 그러니 자기 몫이나 잘하게. 연수는 그 말을 끝으로 밀린 역노들의 인사서류들을 뒤적이기 시작했다. 이방의 주된 임무 중의 하나가 역노들을 각자의 재능에 따라 적재적소에 배치하고 관리, 감독하는 일이다. 그러니 역참의 모든 일을 도맡고 있는 셈이라고나 할까. 게다가 오늘도 관수물자 운송과 병으로 결원이 생겼으니 인력 보충이 필요하다. 한데 공방의 말에 그만 귀가 쏠리고 말았다. 말은 그렇게 했지만 사실 공방의 말이 틀린 것도 아니다. 찰방이 이곳에 온 지도 벌써 사흘째. 그러니 무턱대고 작청에 앉아 나오기만을 기다리고 있을 수 없는 형편이다. 연수는 서류철을 내던지고 내동헌으로 향했다. 찰방 나리, 이방이옵니다. 마루 앞에서 그가 왔음을 알렸다. 그래도 방문이 열릴 기미가 없다. 할 수 없이 마루로 올라서서 조심스레 방문을 열었다. 신임 찰방은 이맛살을 구긴 채 자신의 뱃구레만 쓰다듬어댔다. 부러 그러는 게 분명했지만 연수는 못 본 척 운을 뗐다. 나리, 오늘은 편찮으셔도 기운을 차리셔서 육방의 보고도 받고 관할 속역의 점고도 도는 것이 어떠실지. 연수의 말에 찰방이 언성을 높인다. 이봐요, 이방! 몸이 안 좋은 걸 낸들 어쩌겠소? 정 급하면 이방이 나 대신 역마 점고라도 하든가. 점고는 찰방의 가장 중요한 일입니다, 더군다나 부임한 지 얼마 되지 않았으니 직접 돌아보심이…. 그러려면 기운부터 차려야 하는 거 아니오, 이거야 원 여기 와서 먹은 거라고는 풀밖에 없으니. 찰방은 토라진 어린아이처럼 돌아눕기까지 한다. 찰방의 말대로라면 이 모든 것이 병이 아니라 음식 투정이었단 말인가. 연수는 어이가 없어 헛웃음이 터졌다.

이방 나리, 불러 계시옵니까? 그래, 들어오게나. 작청 안으로 웬 급부 하나가 들어선다. 연수가 그에게 밀봉한 봉투 하나를 건넨다. 자네, 이거 동래부사에게 전하고 오게. 이게 무엇이옵니까? 신임 찰방이 긴 여정에 몸이 사달이 나서 인사가 늦는다는 전갈이네. 아하, 하며 급부가 고개를 끄덕인다. 그리고 가는 길에 소산역과 휴산역에 들러 일러놓게, 곧 점고 나간다고. 점고는 미리 알려주지 않아야 하는 거 아니옵니까? 그럼 나더러 부러 그들을 혼내란 말인가? 제 말은 예전 이방들이 다 그렇게 했기에…. 말 먹이고 농사까지 짓는 것만 해도 고역이네, 더군다나 지금은 한창 들판에 살아야 할 때고. 그러자 급부가 연수 눈치를 살피며 얼른 고개를 꺾는다. 뭐하는가, 후딱 서두르지 않고? 아예, 알겠습니다요. 급부가 나가자 이번에는 볼점이네가 들어선다. 볼점이네의 두 볼이 발갛게 상기되어 있다. 부엌에서 설거지라도 하다가 부리나케 달려온 모양이다. 서두르지 않아도 되건만 볼점이네는 이리 바지런하다. 이거 먼저 받게. 이게 무슨 돈이옵니까? 찰방이 긴 여정으로 입맛을 회복하지 못한 모양이니 점심에 닭이라도 한 마리 올리게나. 그래도 너무 많은 돈입니다. 내 말은 좋은 닭을 사라는 걸세, 그리고 오늘부터 유념할 게 하나 있네. 유념할 것이라니요? 내지 출신이라 짠 음식을 싫어하는 듯하니 찬은 싱겁게 하고 젓갈이나 생선 같은 해산물은 올리지 말게. 알겠습니다, 나리. 볼점이네가 엽전을 쥔 채 작청을 나갔으나 연수는 은근히 걱정이었다. 몸이 재바른 건 좋으나 음식 솜씨야말로 수명이 어미를 따라가지 못하니까. 이런 까다로운 입을 한 찰방이 올 줄 알았으면 수명이네를 소산역으로 보내지 말걸 그랬다 싶다. 그랬더라면 수명이도 덜 고생이지 않을까. 그나저나 수명은 왜 안 보이는 거지. 아직 도착하지 않았나?

내동헌에서 연기가 우럭우럭 피어오르고 있다. 아니 이게 무슨 일이지? 군불도 때지 않을 시기에 연기라니, 그럼 혹시 불이라도? 연수는 허겁지겁 내동헌으로 내달렸다. 내동헌은 지방관아로 치자면 내아에 해당한다. 하지만 종6품인 역참의 찰방은 가족과 함께 근무하지 않는다. 그도 그럴 것이 역참은 교통의 요충지에 세워진 시설로 사신이나 관리들을 영접하는 것이 목적이기 때문이다. 하여 내아는 내동헌이라 부르며 손님이 없을 경우 찰방이 혼자 독차지하기 마련이다. 간밤에 늦게 손님이 들지 않았다면 분명 찰방만 있을 공간에 무슨 불이 난단 말인가. 허겁지겁 내동헌으로 들어서니 계집종 하나가 눈을 비비며 군불을 지피고 앉았다. 묵은 아궁이니 쉽게 불을 지피기 힘든 것은 당연한 법. 한데 자세히 보니 볼점이다. 아니, 볼점이 너는 춥지도 않은 날씨에 여기서 뭐 하는 것이냐? 그의 인기척에 볼점이가 화들짝 놀라 엉덩이를 든다. 찰방 나리께서 춥다고 군불을 지피라고 하셨사옵니다. 그 말을 듣는 순간 연수는 할 말이 없었다. 상사가 명령했다니 어린 계집종으로서야 거역할 수 없는 노릇이 아니겠는가. 하지만 아침저녁으로 조금 쌀쌀하긴 해도 낮에는 기온이 올라가니 버틸 만한 날씨이지 않은가. 지금부터 군불을 때면 장작을 어떻게 감당하란 말인가. 땔감을 장만하는 것도 역참에 근무하는 이들에겐 고역이지 않은가. 적당히 지피고 두꺼운 솜이불부터 챙겨 내동헌에 깔아드리도록 해라. 알겠사옵니다, 이방 나리. 연수는 돌아서서도 고개만 가로저었다. 앞으로 역참이 어떻게 굴러갈는지 걱정이 이만저만이 아니었다.

찰방 나리, 이방이옵니다. 명을 내린 지가 언젠데 이제야 나타나는 게요? 급히 처리해야 할 일 때문에 조금 늦었습니다. 찰방은 못마땅하다는 듯 이맛살을 구겼다. 찰방은 누웠다가 점심상이라도 받았는지 방 한쪽에는 이불이 구겨진 채 펼쳐져 있었다. 해가 중천인데도 등청을 않고 밥만 축내는 것이 마뜩잖았지만 겉으로는 내색하지 않았다. 상 위에는 부탁했던 닭고기가 올라와 있었다. 그런데도 살점이 별반 뜯겨 나가지도 않은 상태다. 입맛이 당기지 않아 그런 건가. 연수가 넌지시 묻고 나선다. 특별히 부탁해 올린 음식인데 맛이 없으십니까, 나리? 이방이 한번 먹어보시오, 이게 고긴지 나무토막인지. 찰방이 젓가락으로 닭고기를 두들겨대더니 다시 입을 연다. 내가 원래 이빨이 좋지 않은데 이런 걸 먹으라고 내놨으니 이걸 어떻게 먹는단 말이오. 질기다면 다시 푹 삶아오라고 하겠습니다. 관두쇼, 다시 삶는다고 나무토막이 말랑말랑해지겠소? 찰방은 젓가락을 내던지고서는 다시 자리에 누워버린다. 이러니 내가 기운을 차릴 수가 있나, 원. 말이 고까웠지만 연수는 참았다. 혹여 입맛이 돌지 않으신다면 다른 걸 준비토록 하겠습니다, 말씀해보십시오. 그러자 기다렸다는 듯이 찰방이 벌떡 상체를 일으켜 세우더니 입을 연다. 꽃잎처럼 연한 고기라도 먹으면 기운을 차릴 수는 있을 듯하오만. 꽃잎처럼 연한 고기라면 혹시? 맞소, 그런데 그런 걸 여기서 구할 수가 있으려나. 순간 연수의 입에서 어금니가 갈리는 소리가 났지만 참았다. 일 년에 한 번 구경할까 말까 하는 쇠고기를, 그것도 생고기 꽃등심이라고 콕 꼬집어 말하다니. 그리 비싼 음식을 먹으려고 돈을 낭비했다가는 역참에 근무하는 사람들이 쫄쫄 굶을 수 있다. 작년 홍수로 인해 제방을 보수한 품삯마저 지급하지 못하는 형편이잖은가. 부임했으면 그런 재정 사정도 살피고 해야 하는데 제 뱃속부터 채울 생각만 하고 있으니 답답할 수밖에. 그렇다고 이제 막 부임한 찰방의 심기를 건드리고 나설 수도 없으니 난감하기 짝이 없다.

이방 나리, 제가 소산역에 다녀오겠습니다요. 말고삐를 쥔 채 마부 영감이 했던 말을 또 하고 나섰다. 아닐세, 볼일도 있고 하니 내가 직접 다녀오겠네. 연수는 고삐를 건네받자마자 말 등에 올라탔다. 그러자 말이 제 앞발을 들어 올리며 히히힝, 힘차게 울었다. 이랴, 연수가 말의 뱃구레를 발로 차자 말이 달리기 시작했다. 남문을 빠져나오자 누런 들판이 두 눈을 가득 채운다. 세상에서 가장 아름다운 색이 노란색이라 했던가. 누구 할 것 없이 같은 색으로 물들어 서로 어깨를 겯고 바람에 맞춰 춤추는 벼들. 그들에게는 잘난 놈도 못난 놈도, 위도 아래도 구분이 없다. 그야말로 수평 세상이다. 차이는 인정하되 차별은 없는 세상, 그게 바우가 꿈꾸던 세상이 아니던가. 연수는 본다, 저 들판 가운데서 그와 바우가 함께 장구와 꽹과리 장단에 맞춰 춤추는 모습을. 그런 상상 덕분일까. 논을 건너온 바람결에 향긋한 막걸리 냄새가 나는 듯도 하다. 들판의 아름다운 색은 산중에도 번지고 있다. 울긋불긋 수놓은 듯 각종 수목이 어우러져 펼쳐내는 저 계절의 장관. 그런 아름다움이 인간 세상에도 펼쳐지면 얼마나 좋을까. 생각이 깊었던 것일까. 정신을 차리고 보니 말은 어느새 언양 덕천을 지나 사밧재 고갯마루를 치닫고 있다. 그제야 연수는 말도 쉬게 할 겸 비석거리 앞에서 말고삐를 죄었다. 고개 아래로 펼쳐진 역전 들판이 내려다보였다. 저 역전 언저리에 소산역이 위치하고 있다. 소산역에는 대마 한 필, 중마 두 필, 짐 부리는 복마(卜馬) 일곱 필이 늘 대기 중이며, 역전을 관리하는 역노들이 산다. 수명이네를 그곳으로 보낸 것도 그런 연유다. 동병상련이라고, 같은 신분끼리 모여 살면 마음만은 편안할 것 같아서. 하지만 그런 연수의 배려와는 달리 수명이 어미는 달가워하지 않았다. 돌이켜보니 이 모든 일이 연수의 뜻대로였을 뿐, 수명이네의 처지는 생각지 못했다. 왜 그때 수명이네의 말을 한번 들어볼 생각을 하지 않았을까. 그랬더라면 수명이네 얼굴에 웃음기가 남아 있었을까.

소산고개 아래가 떠들썩하다. 주막은 봇짐과 등짐을 한 장사치들로 북적이는 중이다. 그러고 보니 오늘이 열사흘, 감동장(구포)이 열린 날이기도 하다. 소산에는 주막뿐만 아니라 대장간과 푸줏간도 있다. 고래로부터 물이 넉넉해 소나 말과 같은 짐승 키우기에는 맞춤하기 때문이다. 그러다 보니 양민들까지 모여들어 큰 마을을 이루고 말았다. 마방 앞에 다다르자 수염이 허연 노인 하나가 알은체를 하며 나선다. 최 이방이 여긴 웬일이야, 마방 점고는 며칠 뒤라면서? 노인은 황산역에서 색리를 맡았다가 물러나 이곳에서 노후를 보내는 중이다. 늙은이들이 햇볕바라기 하기에는 소산이 제격이라나. 그도 그럴 것이 소산마을은 정남향에 위치한 데다 뒤쪽의 소산이 담처럼 마을을 에워싸고 있어 겨울에도 추위를 잊고 지낼 만하다. 그러니 명당이 따로 없다. 볼일을 나섰다가 잠깐 들렀습니다, 푸줏간에 고기도 끊을 겸 해서요. 왜, 신임 찰방이 벌써부터 고기 타령을 하는가? 어르신도 참. 그래 놓고 얼른 마방 별채부터 살핀다. 하지만 수명이네의 그림자는 눈에 띄지 않는다. 수명이네는 어디 갔습니까? 수명이 어미한테 무슨 볼일이 있는가? 수명이 때문에 물어볼 게 있어서요. 수명이네가 가면 어디 갔겠나, 다들 역들로 몰려가 피뽑고 도랑 치느라 바쁘니 거기 참이나 이고 갔겠지. 하긴 추수가 낼모레니 소산에서 제일 바쁠 때가 지금이긴 하다. 수명이도 따라갔습니까? 아니, 조금 전까지 마방 앞마당에서 글씨 쓰면서 놀고 있었는걸? 그래요? 근데 어르신이 보기에도 수명이가 글씨를 제법 쓰긴 하던가요? 왕희지가 따로 없다니까, 그게 다 자네 덕분이겠지마는. 저야 뭐 천자문 몇 자 가르친 거밖에 없는데요, 뭘. 그러니까 하는 얘기지, 이 사람아. 색리 영감의 말처럼, 수명은 천한 신분만 타고나지 않았다면 과거제도를 통해 입신할 수도 있다. 하지만 제 아버지처럼, 역노라는 신분이 수명이로부터 모든 기회를 박탈해버렸다. 그렇다고 바우처럼 삶을 포기하게 내버려둘 수는 없었다. 글자를 익혀야 세상의 모순을 알게 되고 그 모순을 알아야 세상을 바꿀 수 있다. 신분의 굴레도 인간이 만든 제도의 결과물이라면 그 제도 또한 언제든 혁파할 수 있는 것이다. 그런 세상이 천지개벽이라면 그런 천지개벽이 오지 말라는 법도 없잖은가. 그런 것을 깨우칠 때까지 연수는 수명에게 글자를 익히게 할 것이고 글을 읽게 만들 것이다. 그게 바우가 연수에게 남기고 간 마지막 부탁인 셈이니까.

바우의 제삿날을 핑계 삼아 수명이네에 오긴 했다. 하지만 정작 집에 아무도 없으니 난감하기 짝이 없다. 그렇다고 빈 과부 집에 계속 버티고 있을 수도 없잖은가. 푸줏간에서 끊은 고기 몇 점과 미리 챙겨온 쌀 한 됫박을 마루에 놓고 돌아섰다. 들른 김에 수명이네 얼굴이라도 봤으면 좀 좋을까. 아직 가슴에 남아 지워지지 않는 사람. 만나면 수많은 이야기를 나누고 싶은 사람. 그런 사람을 남몰래 그리워하며 사는 일이 얼마나 괴로운 것인지를 사람들은 모르리라. 아쉬운 걸음으로 역참에 돌아오니 공방의 얼굴이 벌겋게 달아올라 있다. 무슨 화날 만한 일이라도 있는가? 나 참 형님, 내동헌에서 신임 찰방이 불러서 갔다 왔지 뭡니까. 그래서? 찰방이 하는 말인즉 내일 당장 마방을 옮기라는 게 아니겠습니까. 마방을 옮기라니, 대체 그 이유가 무언가? 그게 참, 기가 찹니다. 공방은 어이가 없다는 듯 잠시 뜸을 들이더니 다시 말을 잇는다. 글쎄, 그게 냄새가 나서 잠을 못 자겠다는 겁니다. 뭐라, 냄새 때문에 잠을 못 자서 마방을 옮기라고? 역참에 말 냄새가 나는 건 당연한 것, 그게 찰방으로 부임한 사람이 할 소린가. 그러게 말입니다, 형님. 연수가 생각해도 어이없는 요구였다. 더군다나 지금이 어느 때인가. 가을걷이가 끝나면 곧 겨울이 닥치지 않는가. 옮기려면 좀 더 기다렸다가 봄에 옮기든지 해야지. 그렇다고 마방 하나만 덜렁 옮긴다고 모든 게 끝나는 것도 아니잖은가. 건초창고며 퇴비장, 그리고 말이 마실 우물까지 새로 파야 한다. 이런 대공사를 신임 찰방은 막무가내로 다그쳤으니 난감할 수밖에. 내가 내일 찰방에게 저간 사정을 얘기할 테니 이쯤 해서 공방은 퇴청하게, 벌써 날이 어두워졌네. 그러고는 공방의 등을 떠밀었다.

공방을 보내놓고 서류 몇 가지를 정리했다. 그러고는 저녁상이 내동헌으로 들어가는 걸 보고 연수도 퇴청했다. 하지만 집이라고 해서 편안한 곳은 아니었다. 아내가 없으니 모든 게 온기를 잃은 듯했다. 아내와 사별한 지 삼 년째라 적응할 때도 지났건만 이상하게 시간이 흐를수록 더 외롭기만 했다. 그래서 더 수명이네 생각을 하게 되는 것일까. 아니면 자신도 이제 늙었다는 뜻일까. 그러고 보니 역참에 역리 일을 본 지도 어언 이십 년이 넘었다. 관례대로라면 이제 물러날 때가 되었다. 연수는 이 사실을 잘 알고 있다. 그래서 이방직에서 물러나면 소산역으로 노모를 모시고 갈 생각이다. 색리의 말마따나 노후를 보내기에는 소산이야말로 제격이니까. 게다가 수명이네까지 곁에 둘 수 있으니 벗 삼아 즐겁게 늙기 좋은 곳이 아니던가. 그런 생각 탓인가, 잠이 오지 않는다. 이리 뒤척 저리 뒤척 하고 있는데 밖에서 다급하게 연수를 부르는 소리가 났다. 방문을 열었더니 역참의 급부 하나가 숨을 헐떡이며 서 있다. 아니, 이 밤중에 무슨 일이냐? 나리, 공방께서 속히 역참으로 오시라는 당부이십니다. 공방이 왜? 자세히는 모르오나 내동헌에서 일이 생긴 모양입니다. 내동헌에 일이 생기다니, 그럼 신임 찰방에게 무슨 일이 있단 말이냐? 그건 잘 모르오나 내동헌에서 볼점이가 크게 다친 건 사실이옵니다. 볼점이가 다쳐? 일개 어린 계집종 하나가 다쳤다고 사람을 부르다니. 공방이 그런 주변머리가 없는 것은 아니고 그렇다면? 연수의 머릿속에 불길함이 스쳤다. 하지만 연수는 도리머리를 쳤다. 설마 연한 순 같은 아이에게 그런 몹쓸 짓을 했을 리가. 연수가 역참의 남문 앞에 이르자 공방이 기다리고 있었다는 듯이 달려왔다. 아니, 무슨 일이기에 이 밤중에 사람을 불렀는가? 사람들의 눈이 있으니 일단 작청으로 좀 들어갑시다. 공방이 연수의 손을 작청으로 잡아끌었다. 뒤따라 연수가 들어서자 공방이 나직이 입을 열었다. 형님, 볼점이가 많이 다쳐 급히 의원을 부르긴 했습니다만…. 다친 이유는 알아봤는가? 말하기 뭣하지만 하혈이 멎질 않는 걸로 봐서는. 그럼 찰방이 그 어린 것을? 그렇습니다, 형님. 연수는 더 이상 말을 이을 수 없었다. 한동안 말문을 잃고 그저 멍하니 서 있을 뿐이었다. 그러다가 재차 묻고 나섰다. 그나저나 볼점이네는 이 사실을 알고 있는가? 알다 뿐이겠습니까, 내동헌의 일을 제일 먼저 알린 이도 볼점이네인 걸요. 그러면서 공방은 볼점이네가 한 이야기를 연수에게 다시 들려주기 시작했다.

"그러니까 볼점이네가 내동헌에 저녁상을 올리고 물리기만을 기다리고 있을 때였답니다. 설거지를 해놔야 퇴청을 하니 늦었지만 기다린 거라더군요. 그랬는데 너비아니까지 올린 상이라 그랬던지 찰방이 술을 자꾸 찾더랍니다. 그 바람에 관청에 걸러놓은 술도 금세 바닥이 났고요. 그래서 볼점이네가 술이 떨어져서 다시 술을 거르려면 시간이 조금 걸린다고 했더니 난리를 피우기 시작했답니다. 그러더니 느닷없이 볼점이를 찾아 대령하라는 불호령이 떨어졌다는 게 아니겠습니까. 볼점이네가 이유를 물었더니, 어린년이 자신을 석쇠 위의 고기로 여겼다는 거랍니다. 그렇지 않았다면 군불을 이리 괄게 땔 리가 없다면서 말이죠. 찰방의 우격다짐이 기가 찼지만 볼점이네로서는 어쩌겠어요. 여식을 잘못 가르친 어미의 잘못이 크니 벌하려면 저를 벌하라며 애원하고 나섰지요. 하지만 찰방은 노기를 누그러뜨리지 않았답니다. 할 수 없이 볼점이를 데려오지 않을 수 없었답니다. 데려왔더니 곧장 방으로 들게 하더래요. 그때까지만 해도 볼점이네로서는 찰방이 어린아이를 어쩌겠느냐 싶었다더군요. 그랬는데 낮의 일을 꺼내 볼점이에게 태질을 가하더랍니다. 그 바람에 볼점이는 안에서 울고 밖에서는 어미가 우는 상황이 연출되고 말았지요. 모녀가 울어대자 더욱 화가 난 찰방은 사령을 불러 마당의 어미를 쫓아내고 기어이 볼점이의 옷까지 벗겨 이 지경에 이르게 했답니다."

말을 마친 공방도 어처구니없는지 길게 탄식을 이었다. 연수는 아무 말도 할 수가 없었다. 아직 초경도 치르지 않은 아이를 건드리다니. 이런 사실을 안다면 역참의 역노들이 가만있지 않을 것이다. 뿐인가, 이런 찰방을 그대로 두었다가는 이보다 더한 일을 벌일 수도 있다. 찰방의 성정으로 보아 능히 그러고도 남을 작자이지 않은가. 임금의 교지를 받고도 부임을 차일피일 미루다가 겨우 한 달여 만에 임지에 와서 한 짓이 환경과 몸 탓이니 그냥 두면 또 무슨 교활함을 발휘할지 모른다. 연수는 결심한 듯 입을 열었다. 공방은 육방의 향리들을 모아주게, 난 급히 처리해야 할 일이 있으니. 연수는 작청을 나와 마방 쪽으로 급히 몸을 틀었다. 마방 영감이 꾸벅꾸벅 졸다가 인기척에 놀라 연수를 맞았다. 영감, 내동헌 앞에 말 한 마리만 대령해놓으시오. 그렇게 조처한 후 연수는 내처 내동헌으로 향했다. 내동헌에는 불이 꺼져 있었다. 하지만 달빛 덕분에 촛불을 켠 듯 훤했다. 나리, 안에 들어가서 얘기 좀 나눌까 합니다. 역시 예상대로 안에서는 아무 대답이 없었다. 방문을 열자 문뱃내가 훅 끼쳤다. 연수가 나타나자 찰방은 마지못해 숟가락처럼 엎어져 있던 몸을 일으켰다. 아시다시피 오늘 밤에 역참에서 끔찍한 일이 발생했습니다, 이런 책임을 응당 찰방 나리도 져야겠지요, 문제는 어떻게 지느냐 하는 방식입니다. 제 생각으로는, 하고 말을 이으려는데 밖에서 이방 나리! 하는 소리가 났다. 무슨 일이냐? 사람들이 횃불을 들고 역참으로 몰려오고 있답니다요! 알겠으니 물러가 있거라. 사령을 물린 다음 연수는 다시 말을 이었다. 저들이 몰려온다면 무슨 일이 벌어질지 모르겠습니다, 참고로 이곳에 찰방의 편은 아마 한 명도 없을 겁니다. 게슴츠레하던 찰방의 두 눈이 커졌다. 다만 아직 선택의 기회는 있습니다, 마당에 있는 말을 타고 북문으로 나가든지 아니면 여기 이대로 남아 불에 타 죽든지요, 저는 이제 내동헌에 불을 지르러 가야겠습니다. 그러고는 천천히 방을 빠져나왔다. 연수는 한 치의 망설임도 없이 낮에 볼점이가 불을 때던 아궁이로 향했다. 거기서 부지깽이로 불씨를 살리고 있을 때 등 뒤에서 말발굽 소리가 났다.

동래의 마지막 기생

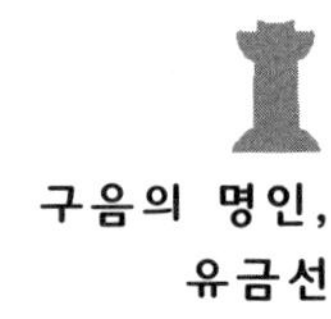

구음의 명인, 유금선

"천하가 태평하면 언무수순 허려니와, 시절이 분요허면 포연탄우 만날 줄은 사람마다 아는 배라. 진나라 모진 정사 맹호 독사가 심하더니 사심조차 잃단 말가. 초매의 영웅들이 질족자의 뜻을 두고 곳곳이 일어날 저, 강동의 성낸 범과 패택으 잠긴 용이 각자 기병 힘을 모아 진나라를 멸할 적으" 하는 순간 큰 그림자 하나가 그녀의 몸을 덮쳤다. 부지깽이 장단을 멈추고 고개를 드니 웬 낯선 사내 하나가 허연 도포자락을 휘날리며 그녀를 굽어보고 있었다. 훤칠한 키에서 풍겨 나오는 위압감에 그녀는 부지깽이를 내던지고 후다닥 대문 안으로 도망쳤다. 그랬더니 사내도 덩달아 마당으로 들어서는 것이 아닌가. 아니, 슨상님이 기별도 없이 우얀 일인교? 대청마루에서 신발도 신지 않고 달려 나온 이는 그녀의 고모였다. 고모야말로 동래 바닥에서 이름난 기생이었으니 모르는 양반이 없을 정도였다. 물론 그렇다 하더라도 지금처럼 환한 대낮에 기생집을 찾아오는 양반은 없던 터였다. 와, 나가 못 올 디를 왔능가? 하이고, 그런 뜻이 아이고 놀래서 하는 말 아입니꺼. 그럼 요깃거리나 얼른 좀 내오게나. 목청이 컬컬하고 입성 또한 추레한 걸 보니 행장을 나선 지 제법 오래된 모양이었다. 상이 들어서자 허겁지겁 수저를 들고 달려드는 것이 영락없는 상거지였다. 빠르게 놀리던 손길이 차츰 느려졌다. 허기가 조금 가신 모양이었다. 그나저나 저 여식은 대체 누군가? 사내는 잊고 있었다는 듯이 묻고 나섰다. 조카라예. 자네 조카라고? 야, 하고 고모가 대답했다. 쟈한테 자네가 혹시 소리 가르쳤는가? 그런 적은 없는데 와 그카십니꺼? 아, 아닐세. 사내는 다시 수저를 놀리기 시작했다. 그러자 곁에 앉아 있던 고모가 부엌문 앞에 선 그녀를 이윽한 눈으로 바라보았다. 그녀는 재빨리 부엌 안쪽으로 몸을 숨겼다.

고모는 그녀더러 애원성을 타고났다고 했다. 그녀는 그게 무슨 말인지 몰랐다. 하지만 이제는 안다. 애간장을 녹이는 듯한 목청을 간직할 수밖에 없는 것이 그녀가 타고난 운명이라는 것을. 운명의 시작은 동생을 낳던 어머니가 까무러지던 몸을 일으켜 세우지 못한 데서부터였다. 어머니를 데리고 간

운명은 얼마 안 되어 다시 오빠마저 데려가버렸다. 아버지는 어린 오빠의 생명을 앗아간 범인이 누구인지 밝히고 싶었지만 그러기에는 나라의 힘이 너무 약했다. 일본 순사들은 해 질녘에 벌어진 일이라 전차 사고를 목격한 사람이 없다고 잘라 말했다. 죽은 사람은 있는데 죽인 사람이 없는 희한한 교통사고. 그러자 아버지는 울화로 술병만 그러쥔 채 지냈다. 그러다가 끝내 제 목숨마저 덜컥 놓아버렸다. 아버지가 죽자 그녀는 혼자가 되었다. 게다가 살갑게 굴던 고모도 해가 거듭될수록 그녀를 바라보는 눈빛이 변해갔다. 양식만 축내는 그녀가 고울 리 없었다. 그녀는 점점 말수를 잃어갔다. 말수가 줄어들수록 눈물은 점점 더 생겨났다. 엄마가 보고 싶을 때마다 엄마가 즐겨 부르던 단가를 불렀다. 그러면 이상하게 슬픈 마음이 가라앉곤 했다. 그날도 그랬다. 엄마가 즐겨 부르던 〈홍문연가〉를 읊조릴 때 사내가 나타났을 뿐이었다.

사내가 떠나고 며칠 후, 그녀는 고모를 따라 집을 나섰다. 아직 푸른 이내가 벗겨지기 전이었다. 그녀는 전차를 타고 우선 부산역으로 갔다. 그런 다음 부산역에서 다시 기차를 타고 경성으로 향했다. 이왕 소리로 묵고 살라카몬 큰물에서 놀아야제. 경성에 도착했을 때에는 어느새 해가 이울고 있었다. 목적지는 판소리 명창 박녹주의 집. 박녹주는 이미 음반 취입 등으로 전국의 유명세를 타고 있는 스타 중의 스타였다. 그러니 고모는 그녀로 하여금 녹주에게 직접 소리 공부를 익히게 하려던 것이었다. 하지만 아무리 기다려도 소리 공부는커녕 맨날 허드렛일만 시켰다. 일은 해도 해도 끝이 없었다. 우물가에 쌓인 빨랫감만으로도 하루해가 모자랄 정도였다. 그런 터에 부엌에서 밥 짓고 청소까지 하려니 어린 몸이 배겨날 리 없었다. 게다가 그녀보다 늦게 들어온 아이까지 소리 공부를 시키는데도 그녀에게는 아무런 언질조차 없었다. 그제야 그녀는 알아챘다. 이 집에서 소리 공부하기는 이미 글렀다는 것을. 그녀는 고모에게 서툰 글씨로 우편을 띄웠다. 하긴 이런 편지를 보내는 일도 소학교에 다니지 않았더라면 엄두도 못 낼 일이었다.

미친년, 아무리 잘났기로서니 부모 없는 여식이라고 소리 공부는 안 시키고 종살이만 시켜? 짐 챙겨라, 부산 가자. 편지를 받고 달려온 이는 고모가 아닌 외사촌 국향 언니였다. 국향 언니는 때마침 경성에 명창대회가 있어 올라온 터였다. 그런 언니의 말을 듣자 울컥 눈물이 솟구쳤다. 인력거를 타고 화려한 옷을 입은 언니가 부러워 그녀도 기생이 되고 싶어 하지 않았던가. 그런데 기생이 되는 것이 이리 힘들다니. 국향 언니는 수모법(隨母法)이 올가미였다면서 술에 취하면 원망하곤 했다. 하지만 국향 언니는 이제 그런 신세타령이나 하던 여자가 아니었다. 바야흐로 불어온 자유연애의 바람은 세상을 뒤집기에 충분한 태풍이었다. 자유연애는 남자들을 집 울타리 밖으로 헤매게 만들었고, 국향 언니와 같은 여자는 그런 남자들의 연애 대상 1호였다. 그러니 국향 언니는 시절을 만나 맘껏 세상을 날고 있는 중이었다. 기예는 몸이 아니라 머리로 하는 거다, 니는 머리가 좋으이 내보다 더 성공할 수 있을 끼다. 국향 언니 덕분에 고향으로 돌아온 그녀는 곧장 예기 양성소인 권번으로 향했다.

권번은 일종의 사설 국악교육기관이었다. 1896년 고종이 관기 훈련소였던 교방을 폐쇄하자 기생들은 먹고살기 위해 조합을 만들었다. 그런 기생조합을 일본인들은 권번으로 고쳐 불렀다. 어쨌든 그렇게 이름이 바뀐 동래권번에서는 소리와 춤, 악기 연주, 한자 공부, 묵화, 교양 등을 동기(童妓)들에게 공부시키는 중이었다. 그중에서 창과 춤만은 악생(樂生)에게 수업료를 지급해야 했는데 그 돈을 국향 언니가 기꺼이 부담하겠다는 것이었다. 그러니까 그게 그녀의 나이 열네 살 때의 일이었다.

기생(妓生)이란 원래 학생(學生), 유생(儒生)처럼 기예로 생업을 삼은 사람이다. 그러므로 기생은 예인이었고 예인을 양육하는 곳이 바로 권번이었다. 동기(童妓)가 되어 권번에 첫발을 내디뎠을 때 그곳에서는 아이들이 한창 춤사위를 익히는 중이었다. 악생을 중심으로 그녀 또래의 아이들이 얼추 서른 명 가까이 둥그렇게 모여 앉아 있었다. 춤은 굿거리장단이 기본이다. 계월아, 네가 먼저 시범을 보이거라. 성숙한 태가 물씬 풍기는 계월이 선생 앞에 와서 섰다. 그러자 기다렸다는 듯이 선생의 북채가 움직이기 시작했다. 덩~ 기덕! 쿵 더러러러러 쿵~ 기덕! 쿵 더러러러러. 그때 곁에 앉아 있던 덧니가 돋보이는 아이가 속삭인다. 잘 봐둬, 저 언니가 바로 그 유명한 김계월이니까. 그녀는 그러냐는 듯이 고개를 주억여 보였다. 그러자 이번에는 반대편에 앉았던 아이가 입술의 점을 씰룩이며 나선다. 기예는 연마하지 않으면 금세 녹이 슬어, 그래서 맨날 나와서 연습을 해야 해, 언니가 여기 온 것도 그 때문이지. 입술점의 행티를 지켜보고 있던 덧니가 지지 않으려 다시 나선다. 장단을 맞추시는 악생은 춤꾼 최소학 선생이시지. 그러자 입술점이 또 끼어든다. 웬만한 악기는 다 다룰 줄 아는 분이기도 하고. 그녀는 두 아이의 언쟁에 잠시 우두망찰했다.

말 한마디도 지지 않으려고 서로 언쟁하던 입술점의 원옥화와 덧니 김강남월. 이후 세 사람은 서로 단짝이 되어 평생 친구로 지냈다. 강남월의 끼가 유감없이 발휘되는 부문은 단연코 판소리 단가였다. 소리 선생 최장술은 물론이거니와 까다롭기로 소문난 강창범 선생마저도 강남월의 노래 앞에서는 잔소리를 하지 않을 정도였다. 동기들은 그것을 더러 강남월의 귀여운 덧니 탓으로 돌리며 질투하기도 했다. 하지만 그녀는 알고 있었다. 강남월이야말로 소리를 제 맘껏 주물러대는 재주를 타고났음을 말이다. 강남월과 달리 옥화는 소리보다는 손놀림이 좋았다. 그러니 악기 다루는 솜씨야말로 타의 추종을 불허할 정도였다. 악기 중에서도 옥화의 가야금 산조는 듣는 이의 가슴을 쥐어뜯는 듯한 울림이 좋아 악생마저 극찬했다. 그러니 벗들 덕분에 배움이 얼마나 즐거운 것인지 알게 되었고 그것으로 하여 세상에는 기쁨도 존재함을 알게 되었다고나 할까. 하지만 수업이 끝나면 그런 즐거움도 끝이었다. 그녀에게는 반겨줄 부모도 집도 없었으니까. 더군다나 머물고 있는 국향 언니의 집도 돌아가는 시각이면 텅텅 비어 있기 일쑤였다. 그러니 그녀가 할 수 있는 것은 오로지 하루 빨리 기예를 익히는 일뿐이었다. 그녀는 친구들이 다 돌아간 뒤에도 혼자 권번에 남아 북과 장구를 치며 소리를 익혔다. 동래고무와 같은 춤사위는 스스로 구음을 매기며 복습했다. 그런 연습 덕분에 매월 치러지는 경연대회에서 일등을 독차지할 수 있었는지 모른다.

그날도 그랬다. 혼자 남아 구음을 매기면서 춤동작을 연습하고 있을 때였다. 평상시와 다른 점이 있었다면 그날따라 이상하게 어머니가 보고 싶었고, 아버지의 한 맺힌 얼굴이 떠올랐으며, 늘 미소 짓던 오빠의 목소리까지 생생했다는 점이다. 그 바람에 그녀의 마음은 울적했고 그런 울적함을 가락에 담아 춤사위를 엮어갔을 것이다. 한데 정신을 차려보니 도포 입은 노인 하나가 그녀의 곁에서 함께 춤을 추고 있는 것이 아닌가. 그녀는 놀라 허턱 춤을 멈췄다. 그러거나 말거나 노인은 계속 춤을 추었다. 그녀는 노인을 살폈다. 어딘가 안면이 있는 듯한 양반이었다. 그때였다. 노인이 입을 열었다. 소리가 많이 익었구나. 구음이야말로 몸에 숨어 있는 춤을 불러오게 하고 저절로 어깨를 들썩이게 하제, 내 춤을 보면서 다시 불러보거라. 노인은 어릴 적 고모댁에서 본 양반이었다. 고모의 말마따나 정처 없이 바람처럼 떠돌다가 다시 이곳까지 또 흘러온 모양이었다. 그날 취기가 오르자 노인은 허공을 날듯이 덩실덩실 학춤을 추었다. 노인의 춤사위는 마치 하늘을 나는 한 마리 학이었다. 그러니 노인을 어찌 잊을 수 있을까. 구음을 와 입타령이라 그러는 중 아느냐? 입으로 모든 악기 소리를 내니까. 악기 없이 춤출 때는 이만한 노래가 없지. 말을 하면서도 노인은 다음 춤사위를 잊지 않고 계속 이어갔다. 그녀는 노인의 춤사위를 지켜보다가 나직이 소리를 내기 시작했다. 나니놋 니나읏. 그 노인이 서편제의 보성 소리꾼 박기채 선생이셨다.

3년이란 세월은 금세였다. 이제 그녀는 동기가 아닌 한 여성으로서 자립해야 할 시기를 맞아야 했다. 그 통과의례가 바로 동기딱지를 떼는 일이었다. 기생이 된다 함은 혼인하지 않고 살겠다는 것과 마찬가지니 화초머리를 올리는 일은 곧 기생들의 성인식이나 다름없었다. 문제는 기예증을 받고 당당하게 활동하려면 준비할 물품이 많다는 거였다. 옷이며 장신구며 화장품이며 악기 일습을 구비하려면 꽤 큰돈이 필요했다. 해서 부유한 남자에게 초야권을 파는 게 관례였다. 하지만 그녀는 그런 관습을 받아들이고 싶지 않았다. 그랬는데 그런 그녀의 행동이 되레 남정네들의 욕망을 부추기는 꼴이 되고 말았다. 서로 더 많은 패물을 안겨주겠다며 나섰다. 그러자 행수기생마저 노골적으로 나오기 시작했다. 이년아, 평생 모을 재산을 마다하는 빙시가 어딨노? 네년 몸뚱이는 천년만년 갈 것 같나? 봄이 가고 꽃이 늙으면 문전이 냉락한 거를 니가 정녕 모린단 말이가? 주위에서 다그칠수록 이상하게 고집이 늘어갔다. 그러던 어느 봄날이었다. 어느 요릿집에 경연을 나섰다가 그녀는 그녀 자신도 모르게 그만 가슴이 후끈 달아오르고 말았다. 코르덴 양복을 입은 젊은 신사 때문이었다. 일본 유학까지 다녀와 부산 어딘가에서 설계업을 하고 있다고 했다. 저런 남자라면 화초머리를 얹어도 좋을 성싶었다. 하지만 그건 어디까지나 그녀의 마음일 뿐, 남자는 미동조차 없었다. 그렇다고 그녀 스스로 옷고름을 풀 염도 낼 수 없었다. 그런 시대였다. 그런데도 남자는 그녀의 뇌리에 똬리를 틀고 앉아 떠나지 않았다. 그런 걸 사랑이라 부른다면 그 남자는 그녀의 첫사랑인 셈이었다.

묘령의 나이라 그런 것일까. 아니면 '채 맞은 생짜'라는 소문 때문일까. 그녀의 명패는 늘 앞쪽에 걸려 있었다. 그러니 하룻밤에 두어 번의 연회 공연은 기본이 되다시피 했다. 인력거를 타고 집으로 돌아오면 몸이 데친 시래기처럼 늘어졌다. 그런 가운데 낮에 불상추놀이며 단풍놀이 주연까지 불려가는 날이면 옷고름도 풀지 못하고 쓰러지기 일쑤였다. 그러던 어느 하루였을 것이다. 주연에 초청되어 갔더니 인근 관공서에 무슨 기관장 모임이 있었는지 잘 차려입은 양반들이 자리를 꿰차고 앉아 있었다. 그들 한가운데는 제독 계급을 단 미군과 제복 입은 조선인 경찰이 나란히 앉아 있었다. 제복 입은 경찰은 지역에 꽤 악명을 떨치던 위인이었다. 그는 일본인 앞잡이 노릇을 하던 고등계 순사였다. 대일본제국이라고 받들어 모시던 나라가 패망하자 그의 행방이 묘연했다. 누군가는 일본 본토로 도망갔다고 했다. 그랬는데 미군정이 시작되자 잽싸게 경찰 자리 하나를 꿰차고 나타난 것이다. 소문으로 듣던 그의 모습을 눈으로 확인하자 역겨웠다. 하지만 연회를 초청한 주최였으므로 어쩔 수 없이 끓은 시간은 채워줘야 했다. 공연을 시작했다. 옥화의 가야금 산조가 끝나고 이어 그녀가 소리를 하기 위해 나설 때였다. 오마에 고찌 코이.(헤이, 너 이리 와봐.) 취기를 핑계 삼아 제복 경찰이 그녀를 불렀다. 아직도 일본말이라니. 같잖았지만 주연의 흥을 깨고 싶지 않아 다가갔다. 그러자 제복이 빈 잔을 든 채 소리쳤다. 코노 혼나 후쿠가 치기레 소우야 나아. (고년 몸이 옷을 견디지 못하는구나.) 제복이 그녀의 젖가슴을 술잔으로 툭툭 쳤다. 순간 모여 앉아 있던 사람들이 일제히 물기 흥건한 웃음을 터뜨렸다. 오사케 잇빠이 이레떼.(술 한 잔 따라봐.) 그녀는 잠시 망설이다가 입을 열었다. 우리는 예인이지 오키야 권번의 게이샤 같은 성적 노리개가 아닙니다, 그러니 술을 따르게 하는 것은 결례이지요. 뭣이라? 잡년 주제에 어디서 지조 타령이야! 말이 떨어지기 무섭게 주먹이 그녀의 얼굴로 날아들었다. 그녀는 알고 있었다. 이 모든 게 다 자신이 누구인가를 미군 제독 앞에서 각인시키기 위한 술책임을. 그것이 얄팍한 그의 생존법이란 사실까지.

만약 그가 일본말을 하지 않았다면 어땠을까. 두 눈 딱 감고 술을 따라주었을까. 하긴 세상은 이미 변하고 있었다. 예기라는 자존감을 버리고 돈을 좇아 옷을 벗기도 한다는 것을 그녀 또한 모를 리 없었다. 하지만 세상이 아무리 혼탁하더라도 그녀만큼은 예인의 길을 고수하고 싶었다. 경찰의 주먹을 맞은 걸 핑계 삼아 그녀는 집에서 모처럼 푹 쉬었다. 그런데도 연회 초청은 멈추질 않았다. 그런 와중에 단골 양반의 간곡한 초청이 거듭되자 자리를 떨치고 일어나지 않을 수 없었다. 그녀를 부른 횟수가 대체 얼마였던가. 웬만한 재력가가 아니고서는 5원, 7원, 10원씩이나 하는 비싼 요리상을 매일이다시피 대령할 수 없었으리라. 게다가 늘 선 화대까지 100시간씩 끊어주니 그이만큼은 무시할 수 없는 고객 중의 고객이었다. 그 바람에 권번에서는 벌써 그녀를 '대령기생'이라 놀리는 치도 있었다. 어떤 이는 한술 더 떠서 이번 참에 아예 '귀 먹은 기생'이 되어 한몫 단단히 챙기라고 부추기기까지 했다. 처자가 있는 양반이 가정을 이렇게 홀대하고 그녀만 찾으니 생각 같아선 행하(行下)고 뭐고 이젠 그만 찾으라고 냉정하게 말해주고 싶었다. 하지만 그렇게 말한들 그이가 들을 리 만무함을 알고 있었다. 더군다나 그녀의 마음마저 갈대처럼 흔들리고 있었으니 이를 어쩌란 말인가.

자리에 들어섰을 때 남자는 이미 만취한 상태였다. 평양기생 치마폭은 벗어나도 동래기생 치마폭에는 묻히고 만다더니 내가 딱 그짝이구려. 남자는 힘 빠진 문어처럼 흐느적거렸다. 마음 같아서는 달려가 그를 부축해주고 싶었다. 하지만 참아야 했다. 힘든 일이 있으셨나 보네요, 메나리조로 단가나 한 수 읊으리까? 남자가 고개를 가로저었다. 그냥 허심탄회하게 얘기나 나누자고 불렀소. 그녀는 요리상 맞은편에 무릎 하나를 세우고 마주 앉았다. 금선인 내가 어떡하면 좋겠소, 정식으로 아내로 맞으면 마음을 열겠소? 남자의 말에 그녀는 살포시 고개를 들었다. 남자의 눈에 물기가 가득 어려 있었다. 그런 남자를 보자 오뉴월 보리단술같이 변덕스러운 게 남자의 마음이라던 말이 거짓말같이 느껴졌다. 그녀도 모르게 그만 눈물이 핑 솟구치고 말았다.

눈물을 보인 것이 화근이었을까. 남자는 서둘러 택일을 했다. 그리고 혼례식 준비를 서둘렀다. 차라리 그때 남자를 말렸어야 했는지 모른다. 하지만 그 말이 왜 그렇게 나오지 않았는지. 어쩌면 그녀도 여느 여자들처럼 그런 평범한 지어미의 길이 부러웠는지 모른다. 혼례식 날짜는 다가왔고 일가친척을 불러 식까지 거행한 후 신접살림을 냈다. 그리고 지아비와 지어미로 한 잠자리에 눕자 모든 게 꿈만 같았다. 그렇다고 그 꿈이 유리그릇처럼 부서지기 쉽다는 것을 그녀가 모를 리 없었다. 그랬으니 더욱 조바심칠 수밖에. 공장에 안 나간 지 오래구려. 내 퍼뜩 갔다가 금방 오리다. 남자의 말을 듣는 순간 이제 기다리는 일만 남았구나 싶었다. 제 걱정은 말고 다녀오셔요. 그녀는 내색 않고 그렇게 말했다. 그렇게 집을 나가기 시작한 후 남자의 귀가는 점점 늦어졌다. 사나흘에 걸쳐 한 번씩 오더니 일주일 만에 나타났고, 일주일은 다시 보름으로, 보름은 한 달로 길어졌다. 해가 거듭되자 아예 두어 달씩 소식이 끊기는 일마저 다반사였다. 기다리는

일은 이제 그녀의 일상이 된 지 오래였다. 그런 기다림을 달래려 판소리 독선생을 앉히기도 했다. 하지만 창공을 나르던 새가 조롱에 갇힌 듯 갑갑할 따름이었다. 남자는 그런 미안함을 상쇄하려고 집에 올 때마다 귀한 선물을 안겼다. 생전 듣도 보도 못한 물건들. 옷이며 구두, 핸드백, 스타킹에 심지어 서양녀들이 한다는 브래지어라는 젖가리개도 처음으로 그에게서 선물로 받았다. 뿐인가. 그 비싼 축음기까지 사주기도 했다. 하지만 엔카(演歌, えんか)로도 기다림의 외로움을 통째로 삭일 순 없었다. 그런 터에 좌우익의 혼란은 전쟁으로 번졌고 그렇게 시작된 전쟁은 그칠 줄 몰랐다. 지루한 전쟁은 자재 조달을 끊게 만들었고 끝내는 남자의 공장문마저 닫아걸게 했다. 그러자 남자의 입에서 매일 한숨만 터져 나왔다. 그런 남자를 보고 있자니 이 모든 상황이 마치 그녀가 부러 만들어놓은 것만 같았다. 참다못한 그녀가 말했다. 정 힘들면 처자식이 있는 집에라도 갔다오셔요. 미쳤소? 부모가 억지로 맺은 인연 무슨 미련이 남았다고 내가 가겠소? 남자의 말에 눈물이 났다. 그렇다고 서로 얼굴만 마주보고 앉아 굶어 죽을 수는 없었다. 그런 그녀의 마음을 말하자 이번엔 남자도 만류하지 않았다. 수중에 지닌 돈으로 다방을 열었다. 하지만 경험 없는 장사가 성공할 리 없었다. 장사를 접고 일식집을 차렸지만 그것도 그리 오래가지 않았다.

그렇게 그녀가 먹고살기 위해 아등바등할 때 남자가 쓰러졌다. 그 소식을 어떻게 알았는지 본가에서 남자의 부인이 찾아왔다. 살아서는 자네 차지더니 죽을 지경이 되어서야 내 차지가 되는구먼. 그녀로서는 할 말이 없었다. 그렇게 부인의 손에 이끌려 떠나간 남자. 그 남자는 끝내 돌아오지 못했다. 영영 이 세상을 뜨고 만 것이다. 남편의 비보를 듣고 빈소로 달려가고 싶었다. 하지만 그럴 수 없음을 누구보다 잘 알지 않는가. 그러니 밤새 혼자서 통곡할 수밖에.

슬하에 자식이라도 있었으면 덜했을까. 곁에 아무도 없으니 자연스레 술과 담배와 노래로 하루를 맞고 보냈다. 남편이 생각나면 남편이 사준 축음기를 틀고 노래를 따라 부르며 울었다. 그러다가 내가 왜 이러고 있지 싶어 정신을 차리니 오 년이란 세월이 흘러가 있었다. 그 많던 패물과 가재도구들도 이미 어디론가 사라진 지 오래였다. 이젠 한 끼를 위해 팔아야 할 건 몸뚱이밖에 없었다. 배운 재주라고는 노래와 춤이니 갈 곳이야 뻔한 터수였다. 자네, 여 와 나왔노? 건축 설계업을 한다던 코르덴 양복을 입은 젊은 신사. 한때 그녀가 속으로 흠모하던 첫사랑이었던 남자. 그를 보자 갑자기 눈물이 솟구쳤다. 그녀의 마음속엔 아직 젊은 그 남자가 이렇게 늙다니. 그런 서러움 때문이었을까. 아니면 그녀가 살아온 한 맺힌 서러움 탓이었을까. 자신도 모르게 단가가 아닌 그만 엔카풍 가요가 흘러나오고 말았다. "참을 수가 없도록 이 가슴이 아파도 여자이기 때문에 말 한마디 못하고 헤아릴 수 없는 설움 혼자 지닌 채 고달픈 인생길을 허덕이면서 아~ 참아야 한다기에 눈물로 보냅니다, 여자의 일생. 견딜 수가 없도록 외로워도 슬퍼도 여자이기 때문에 참아야만 한다고 내 스스로 내 마음을 달래어가면서 비탈진 인생길을 허덕이면서 아~ 참아야 한다기에 눈물로 보냅니다, 여자의 일생." 그녀의 노래가 끝나도 좌중의 누구 하나 입을 열지 않았다. 술청은 깊은 고요에 빠져 있었다. 그제야 그녀는 아차 싶었다. 눈가를 재빨리 훔쳤다. 자네, 이리 좋은 자리 망칠 셈인가? 어서 구음이나 매겨주게, 나도 자네를 만났으니 오랜만에 춤이라도 실컷 추고 싶네. 남자는 벌떡 일어서더니 양복 윗도리를 벗어던졌다. 그리고 그녀를 촉촉한 눈으로 바라보았다. 이윽고 그녀의 입에서도 화답하듯 나니놋 니나읏, 구슬픈 가락이 울려 나오기 시작했다.

어머니의 노래

박차정 독립운동가
가문에 부쳐

역사는 잔인하다. 단지 그 행적이 기록되지 않았다는 이유만으로 철저히 배제되다니. 조국의 독립을 위해 자신의 생을 건 이들이야말로 기억을 통해서만 위로를 받을 수 있는 유일한 존재들이 아니던가. 그런데 단 하나뿐인 자신의 목숨까지 조국을 위해 바친 그들을 기록의 유무만으로 내팽개쳐야 한단 말인가. 정녕 역사는 살아남은 자들만을 위한 변명이더란 말인가. 나는 자식 셋을 독립투쟁의 제단에 바친 조선의 어미다. 내 배 앓아 낳은 자식을 셋이나 조국에 바쳤으니 이 얼마나 영광스러운가. 그런데도 나는 영광은커녕 죽어서도 이렇게 억울하게 이승을 맴돌고 있다. 자식만 생각하면 가슴이 천 갈래 만 갈래 찢어지니 이런 마음으로 어찌 저승길을 떠날 수 있겠는가.

나는 1883년 동래군 기장에서 태어났다. 꽃다운 18살에 동갑인 박용한을 만나 결혼했다. 그리고 지금의 동래구 칠산동 319-1번지에 신접살림을 차렸다. 집에는 맑고 깊은 물이 샘솟는 우물이 있어 더없이 좋았다. 게다가 널찍한 마당에 세 칸짜리 방을 갖춘 집이었으니 삼이웃들은 입을 모아 시댁이 부잣집이라 신접살림도 휘황하다며 부러워들 했다. 그때야 다들 형편없는 토막에서 살고 있을 때였으니 그런 소리를 듣는 것도 당연했다. 벌열한 시댁 덕에 호사를 누린다고 했지만 기실 내 마음은 그런 게 아니었다. 남편 때문이었다. 한 가정의 가장이었지만 남편은 집안 살림은 안중에 없었다. 자식들을 위해서는 돈을 벌어야 했지만 관심을 둔 것은 오로지 신학문뿐이었다. 남편이 신학문에 빠진 건 신문물이 왜관을 통해 물밀 듯이 밀려오던 대한제국 말기라 더욱 그랬는지 모른다. 남편의 관심은 기어이 그의 발걸음을 동래기영회에서 세운 개양학교로 향하게 했다. 그리고 개양학교를 졸업한 후에도 만족하지 못하고 그예 서울 유학만 꿈꾸기 바빴다. 이왕 배우려 나선 걸음, 예서 포기하고 싶진 않구려. 남편의 발길을 막고 싶었지만 지아비의 꿈을 어찌 일개 아녀자가 가로막을 수 있는 시대였던가. 도리없이 받아들일 수밖에.

서울에는 나의 사촌동생 김두봉이 있었다. 사촌동생은 교

사생활을 하면서 주시경 선생 밑에서 한글을 연구하는 중이었다. 그러니 남편도 그런 학자가 되려니 했다. 한데 무슨 속셈인지 보성전문학교에 입학한 남편이 느닷없이 탁지부 양지과의 측량기술 속기생 모집에 응하고 말았다. 남편의 말에 의하면, 측량기술을 익히면 특채로 탁지부에 근무할 수 있다고 했다. 신기술을 익혀 생업으로 삼으면 애옥살림이지만 분가도 가능하겠거니 싶어 외려 잘됐다 싶기도 했다. 1907년 11월 측량기술견습소 수료한 남편은 측량기사로 임용되었다. 그리고 얼마 뒤 남편은 집에 다니러 왔다. 임자, 나 왔소! 대문으로 들어서는 남편을 보는 순간 나는 두 눈이 화등잔처럼 커지고 말았다. 멋진 양복을 입은 신사가 내 남편이라니. 남편이 자랑스럽고 대견했다. 아이들도 제 아빠의 멋진 모습에 우쭐했는지 골목으로 달려나가 친구들에게 자랑질을 하고 있었다.

며칠 뒤 남편은 다시 서울로 떠났다. 그렇게 타지에서 힘들지만 잘 지내겠거니 했는데 이게 웬일이람. 남편이 일 년 만에 그만두고 돌아온 것이다. 와 그캤소? 뭔 일이 있어서 그랬소? 남편은 성가시다는 듯 마지못해 입을 열었다. 남정네가 할 일이 아니라 어쩔 수 없었소. 남편은 긴 이야기를 하지 않았다. 워낙 성질머리가 더러우니 자꾸 따지고 들었다가는 남편을 술집으로 내모는 셈이었으니까. 며칠 뒤 대충 그만둔 이유를 알아챘다. 일본사람과 같이 다니면서 토지조사를 하니 일본인 앞잡이 노릇한다고 손가락질을 해대는 것이 싫었음을. 안 그래도 나라 꼴이 일본의 손아귀에 놀아나고 있었으니 남편 성정에 오죽했을까. 남편이 말했었다. 이렇게 나가다간 일본놈들에게 나라를 통째 빼앗길지 모른다고. 남편의 말이 옳았다. 1910년 8월 22일, 대한제국은 지도상에서 없어진 나라가 되고 말았다. 일본은 때가 왔다 싶은지 곧장 조선총독부를 두어 대한제국의 흔적을 지워나가기 시작했다. 뜻있는 사람들이 나섰으나 한번 기운 국운을 회복할 순 없었다. 남편은 술만 마시면 시국을 개탄했다. 사촌동생 김두봉은 끝내 학자의 길을 접고 중국으로 떠나고 말았다.

그러던 어느 날이었을 것이다. 밤이 꽤 깊었는데도 남편은 돌아오지 않았다. 친구들과 어울려 또 시국을 개탄하며 술이나 마시겠거니 했지만 그날만큼은 이상하게 불길하기만 했다. 역시나 남편은 다음 날 해가 중천에 솟도록 오지 않았다. 혹여 싶어 단골 술집이며 친구네들까지 수소문했지만 행방을 찾을 순 없었다. 그런데 그런 남편이 물에 젖은 주검이 되어 돌아오다니. 난 남편을 두 눈으로 보면서도 그 사실을 믿을 수 없었다. 다대포 갈대밭에 쓰러져 있는 것을 인근 어부가 발견했다고 했다. 처음에는 남편이 술에 취해 한뎃잠을 자다가 화를 당했거니 했다. 한데 제 울분을 참지 못해 스스로 생목숨을 끊었다니. 남편의 안주머니에 들어 있던 유서를 읽을 때에는 작은 붓을 쥔 것처럼 손이 떨렸다. 남편이 나라가 망할 때부터 죽음을 준비하고 있었단 말인가. 그런데도 미련하게 난 아무런 눈치도 채지 못하다니. 이런 어리석은 여편네가 어디 있나 싶어 부른 배를 안고 통곡하고 또 통곡했다.

남편이 죽고 두 달 후, 막내아들 문하가 태어났다. 이제 나는 다섯 남매의 어미가 된 것이었다. 턱 밑까지 차오른 자식 다섯을 데리고 혼자 살아갈 생각을 하니 눈앞이 막막했다. 그런 차에 동래고보 졸업반이던 맏아들 문희가 난데없는 폭탄선언을 하고 나섰다. 그게 뭔 소리냐, 전도사라니? 신앙심도 별로 없는 아이가 느닷없이 목회자의 길을 걷겠다니 놀라울 따름이었다. 호주선교회에서 학비 전액을 지원해준대요. 그러니 엄마, 학비 걱정은 안 해도 돼요. 제 딴에는 가정형편을 생각해 그런 마음을 먹은 모양이었다. 그래도 넌 집안의 대주 아니냐. 대주도 밥은 벌고 살아야죠. 자식 이기는 부모 없다더니 내가 딱 그랬다. 문희는 기어이 서울성서대학에 원서를 넣었고 서울로 떠나버렸다. 병약한 큰딸 수정이도 부산진일신여학교를 졸업하자마자 일자리를 구해 제 밥벌이를 시작했다. 수정이 덕분에 조금 숨통이 트이는 기분이었다. 문제는 둘째 녀석 문호였다. 겨우 동래보통학교를 졸업한 주제에 자기도 돈을 벌겠다고 나서는 게 아닌가. 니 맘 다 안대이, 하지만 니는 아직 더 배워야 된다카이. 동생 차정이랑 문하는 어쩌려구요? 그건 이 어미가 다 알아서 할 일이다. 쥐뿔도 없는 집에서 어머니 혼자 알아서 뭘 어쩌시려구요? 제 아비의 성정을 빼박은 놈이 문호였다. 그런 문호마저 어린 동생 둘을 생각해 일하겠다고 나서니 별 뾰족한 방도가 없었다. 둘째 딸 차정이야말로 얼마나 명민한 아이던가. 오빠의 그 어려운 책도 척척 읽고 이해하던 딸내미가 아니던가. 그러니 학교에서 늘 선생님의 칭찬을 한 몸에 받을 수밖에. 더군다나 작문도 좋아해 방에만 들어서면 공책에 뭔가를 긁적이는 걸 놀이 삼지 않았는가. 그러니 여식이었지만 서울에서 공부하는 사촌동생 두봉이에게 보내 학자로 키우고 싶었다. 해서 부러 친정 나들이를 갈 일이 생기면 차정을 안동하고 가곤 했던 것이다.

그런 차정이가 언제부터인지 움직이는 불덩이가 되어 있었다. 그게 민족교육을 시키는 학교 선생님 탓도 컸겠지만 동래시장에서 펼쳐진 만세운동도 무시하지 못할 것이다. 민족대표 33인에 의해 세계만방에 선언한 독립선언 시위는 이곳까지 확산되었다. 동래장날이던 3월 13일, 동래고등보통학교 학생이 중심이 된 수천 명이 함께 만세운동을 펼쳤다. 만세운동은 다음 장날인 3월 18일, 범어사의 명정학교와 지방

학립 학생과 군중이 합류하여 규모가 커졌고 부산 전역까지 퍼져나갔다. 3월 29일 구포 장날에는 대형 태극기와 현수막까지 앞세워 시위가 펼쳐졌고 기장에서도 농민과 장꾼이 합세한 가두시위가 벌어졌다. 기장만세운동을 주도한 사람 중 하나가 아이들의 숙부 박일형이었다. 집안에 인재가 났다고 경기고보에 진학시켰더니 만세운동을 벌이려 고향에 내려온 모양이었다. 숙부가 부산경찰서에 구속되자 집안이 발칵 뒤집혔다. 그러니 차정 또한 이를 모를 리 없었다. 똑똑한 숙부를 흠앙하여 믿고 따르던 아이가 차정이었으니까 말이다.

1920년 9월 28일. 이화학당 여학생 유관순이 시위 주동자로 몰리어 사형되었다. 그 소식을 듣고 내가 어린 것이 무얼 안다고 나섰을까 혀를 찼더니, 차정이 뭐라고 했던가. 여자라고 시국을 무시한 채 집 안에 틀어박혀 있어야 하느냐며 되레 어미를 가르치려 들지 않았던가. 그때 심지어 차정은 식민지 여성의 현실까지 입에 올렸다. 그 말을 들으면서 난 한숨만 쉴 수밖에 없었다. 하지만 어쩌겠는가. 몸은 부모가 만들어도 속은 저 하늘이 만드는 거라고 했으니 그저 지켜볼 수밖에. 독립만세운동이 일경에 의해 무력화되자 청년들의 민족의식은 더욱 강렬하게 불타올랐다. 사회주의 계열과 민족진영 단체가 힘을 합쳐 조선청년총동맹을 결성하자 동래에서도 지부가 생겨났다. 차정은 어린 몸으로 조선소년동맹 동래지부에 가입했다. 물론 그 중심에는 숙부 박일형이 있었다. 때마침 부산진일신여학교가 집 근처로 이전해 문을 열었다. 교명까지 동래일신여학교를 바꾼 학교에 차정이 선뜻 진학을 희망했다.

차정이 고등과 1학년에 들어간 그해, 큰아들 문희가 신학공부를 마치고 고향으로 돌아왔다. 그 이유가 만세운동 때문인지 결혼 때문인지는 모르겠다. 확실한 건 목회자의 길을 영영 접었다는 거였다. 문희의 말마따나 종교를 통한 민중계몽에는 한계가 있다는 거였다. 그러니까 문희의 핏줄에는 여전히 아비의 울분이 흐르고 있었다고나 할까. 문희는 고향에 돌아오자마자 숙부 박일형과 손잡고 본격적인 사회활동을 펼치기 시작했다. 동래청년연맹 창립에 주도적으로 참여했고, 이듬해에는 동래혁파회, 정우회 집행위원까지 도맡았다. 가정을 꾸려놓고도 집 바깥만 나돌자 이를 지켜보던 바깥사돈이 찾아왔다. 한 집의 가장이 식솔을 내팽개치고 밖으로만 돌면 어쩌누, 이 사람아. 그럴 바에는 차라리 공부라도 더 하게. 문희는 장인의 권유를 받아들여 1927년 4월 일본으로 향했다. 일본대학 경제학부에 입학하기 위해서였다. 한 달 후, 여성의 공고한 단결과 지위향상, 그리고 봉건적 굴레와 일제침략으로부터의 해방을 목표로 여성운동단체 근우회 동래지부가 결성되었다. 짐작대로 차정은 머뭇거림도 없이 가입했다.

유서 깊은 고장답게 만세시위와 사회운동이 활발해지자 동래경찰서도 바쁘게 돌아가고 있었다. 그런 차에 노덕술이라는 일본 앞잡이 순사가 발령을 받아 이곳으로 부임했다. 조선인이면서 자신의 영달을 위해 독립투사를 잡아들이는 매국노 같은 악질순사가 부임하자 시장통에는 살얼음이 끼인 듯 긴장감이 나돌았다. 노덕술은 자신의 공적을 쌓기 위해 부임하자마자 건수 찾기에 혈안이었다. 동래청년동맹 집행위원장 겸 신간회 동래지회 간부로 활동하던 숙부 박일형은 노덕술에게는 좋은 먹잇감이었다. 사회불안 조성을 빌미로 숙부를 체포하기에 이르렀고 급기야 고문까지 했다. 그런 경황 없는 와중에 신혼의 꿈에 젖어 있던 큰딸 수정이 끝내 눈을 감았다. 아픈 것을 알면서도 제대로 약 한 번 해 먹이지 못한 게 한이 될 줄이야. 상을 치르는 내내 울었다. 울어도 울어도 눈물은 마르지 않고 흘러내리기만 했다. 여동생의 비보를 들었는지 일본에서 문희가 돌아왔다. 어차피 적성에 맞지 않아 그만두려고 하던 차였어요. 그 길로 문희는 유학의 길마저 접고 신간회 감투를 덜컥 덮어썼다. 그리고 잃은 시간을 만회하려는 듯 열성적으로 활동하기 시작했다. 이듬해 신간회 중앙집행위원으로 선출되더니 민중 계도를 위해 떠난다며 전국 순회강연을 나섰다.

동래누룩조합 사무원으로 착실하게 일하던 둘째 문호가 기어이 사고를 냈다. 언제부터인가 술마저 입에 대기 시작한 터라 내심 불안했는데 이렇게 큰일을 저지르다니. 누룩조합의 뭉칫돈을 들고 사라지자 동래 전체가 들썩였다. 돈도 돈이려니와 아예 종적까지 감춰버린 것이 어미로서는 더 걱정이었다. 혹여 순사에게 잡혀갔나 싶어 동래경찰서며 부산경찰서까지 찾아갔다. 그래도 행방은 묘연했다. 그런 차에 문호로부터 편지가 도착했다. 잘 있으니 걱정 말라면서. 문호는 지금 북경 화북대학 사회학부에 입학해 공부하고 있다면서 누룩조합의 돈은 공부가 끝나는 대로 갚을 테니 그때까지만 참아달라고 했다. 더군다나 아이들의 외당숙 김두봉과도 자주 만난다니 이 얼마나 다행스런 일인가. 외당숙은 만세운동 후 탄압이 심해지자 중국으로 건너간 후 소식조차 끊겨 있던 사이가 아니었던가. 그러니 중국유학을 떠난 문호가 조선공산당재건동맹 선전부 책임자로 일하고 있을 줄이야 꿈에도 상상이나 했겠는가.

광주의 분위기가 심상찮게 돌아가고 있었다. 11월 3일, 광주시내에서 빚어진 한·일 중학생 간의 충돌사건은 광주지역 학생뿐만 아니라 호남의 전 지역으로 확산되고 있었다. 안 그래도 일제강점의 울분이 쌓여 있던 때라 광주 소식은 사람들의 가슴에 기름을 들이부은 격이었다. 시위는 서울을 거쳐서 전국 각지로 빠르게 확산되었다. 때마침 근우회 중앙위원이 되어 서울에 머물고 있던 차정은 서울여학생시위사건의 배후조종자로 일경에 긴급 체포되었다. 사태 확산을 예의주시하던 일경이 10년 전 만세운동의 악몽을 사전에 차단하기 위해 대대적인 체포 작업에 들어갔던 것이다. 체포자에 대한 고문도 심했다. 차정은 심한 고문으로 이미 만신창이가 되어 있었다. 같은 서울에 있던 문희가 하나밖에 없는 여동생의 소식을 모를 리 없었다. 문희는 여동생을 보석으로라도 빼내기 위해 백방으로 노력했다. 그 바람에 차정은 한 달 만에야 겨우 풀려날 수 있었다. 하지만 시위가 전국으로 확산되고 있어 재구속은 불 보듯 뻔했다.

때마침 중국에 있던 둘째 문호가 서울로 요원을 밀파시켰다. 요원을 통해 동생 문호의 뜻을 전해 받은 문희는 즉각 차정을 국외로 탈출시키기로 맘먹었다. 치밀한 계획 끝에, 일주일이 지난 2월 22일 저녁 8시경, 작전은 개시되었다. 어둠을 이용해 차정을 인천까지 이동시켰고 무사히 중국행 배까지 태울 수 있었던 것이다. 상해를 거쳐 북경에 도착한 차정은 둘째 오빠 문호를 만났고 외당숙 김두봉과도 상봉했다. 낯선 땅에서 외조카 둘을 한꺼번에 만난 당숙은 어쩔 줄 몰라 했다. 하지만 그런 반가움도 잠깐이었다. 차정이 건강을 회복하자마자 의열단 단원이 되어 투사의 길을 걷기 시작한 것이다. 그것도 여성의 몸으로 무장투쟁의 길을. 아무리 나라를 위한 일이라지만 전 가족이 나서다니. 어미로서는 걱정이 태산 같기만 했다.

신간회 간부였던 문희는 끝내 신간회를 탈퇴했다. 민족진영과 사회주의 계열 간의 투쟁노선이 번번이 갈등을 일으키니 견디기 힘들었던 모양이었다. 그런 차에 낯선 청년이 집으로 찾아왔다. 청년은 차정이 독립투쟁의 길을 걷고 있는 의열단장인 김원봉과 결혼 소식을 전했다. 일본경찰이 그렇게 잡고 싶으면서도 무서워 벌벌 떤다는 의열단장 김원봉. 그가 내 사위라니. 뿌듯함보다는 걱정만 태산 같았다. 게다가 아무리 동지로서 맺은 가약이라 할지라도 부모도 모르게 혼례를 치르다니. 그럴 수밖에 없는 정황이나마 알고 싶어 문희를 집으로 불렀다. 차정이가 결혼을 했다는데 어미를 대신해 중국에 다녀올 수 없겠나? 문희는 알겠다고 했다. 하지만 사정이 여의치 못했다. 그 바람에 이듬해인 1932년 8월에야 겨우 중국행 배를 탈 수 있었다. 두 달쯤 지났을 때, 중국으로 떠난 문희가 돌아왔다. 문희는, 사위가 대단한 양반이라며 그런 사람이 매제라는 것이 자랑스럽다며 칭찬만 늘어놓았다. 사위가 어떤 사람인지 익히 알았지만 아들에게 다시 그 말을 들으니 기분이 묘했다. 중국에 다녀온 문희는 다음날부터 무슨 중요한 일이 있는지 밖으로 나돌기 바빴다. 차정이가 문희에게 뭔가 부탁한 일이 있는 게 분명했다. 문희를 볼 때마다 가슴이 두근거렸다. 후에 안 일이지만 문희가 한 일은 의열단 지원자를 모집, 중국으로 보내는 일이었다.

기어코 사단이 났다. 문희가 바깥으로만 나돌자 참다못한 바깥사돈이 합의이혼을 요구하고 나선 것이다. 문희는 장인의 뜻을 순순히 받아들였다. 스스로 가장의 역할을 하지 못한 것을 잘 알고 있기 때문이었는지 이혼하기 무섭게 문희는 중국으로 떠나버렸다. 어미로서야 당연히 상심한 마음을 달래러 가는 줄 알았다. 그렇게 중국으로 간 문희는 석 달 뒤에 돌아왔다. 하지만 오자마자 또 싸돌아다니기 바빴다. 알고 보니 조선혁명 간부생 추가모집을 위해서였다. 하지만 조선혁명간부학교 수료생 다섯 명이 본국에 잠입해 활동하다가 일경에 적발되고 말았다. 그 바람에 지원자를 모집하고 파견했던 문희도 구속되고 말았고 2년형을 언도받았다. 부모의 강권에 막상 이혼한 처지였지만 며느리는 수감생활 내내 동래로 내려와 남편의 뒷바라지를 자청했다. 그 마음 씀씀이가 고마워 눈물이 날 지경이었다. 그런 와중에 문호마저 체포되어 나가사키 우라카미형무소에 수감되었다는 소식이 날아들었다. 면회라도 가고 싶었지만 갈 수 없으니 가슴만 태울 수밖에 없었다. 한꺼번에 두 아들이 영어의 몸이 되자 딸 차정이마저 어떻게 되는 건 아닌가 싶어 더럭 걱정이었다. 자식 셋이 독립운동을 하자 일경의 감시는 더욱 삼엄해졌다.

아가, 이러다간 내가 죽겠다. 이혼한 주제에 문희 옥바라지를 자청한 며느리에게 면목 없는 넋두리를 쏟고 말았다. 그러자 돌아온 며느리의 말이 눈물을 쏟게 만들었다. 그럼 어머님, 고모한테 한 번 다녀오실래요? 혼례식에도 못 갔으니 겸사겸사해서요. 그 먼 길을 우찌 가누, 여비도 애북 마이 들텐데. 그건 걱정 마시고 다녀오기나 하셔요. 며느리는 꼭꼭 숨겨둔 쌈지돈을 내 손에 쥐여주었다. 덕분에 날씨가 풀린 여름, 막내 문하의 손을 잡고 상해로 가는 배를 탔다. 남경에 도착해 사촌동생 김두봉을 만났고 그렇게 보고 싶던 차정 내외와도 상봉했다. 처음 만난 사위는 군모를 벗고 장모에게 넙죽 엎드려 큰절을 했다. 왈칵 눈물이 솟구쳤다. 어미로서 결혼식에도 참례하지 못했으니 마음이야 오죽했으랴. 차정은 몹시 초췌해 있었다. 그래도 어미 앞에서 웃음을 잃지 않으려 애썼다. 하지만 중국군과 합세해 일본군과 맞서 싸운다는 것이 얼마나 위험한지 알기에 어미의 눈에서는 눈물만 줄줄 흘러내릴 뿐이었다. 혼수품으로 여태 가지고 있던 딸내미의 속적삼을 건넸다. 그제야 딸의 눈에서도 눈물이 맺혔다.

귀국하니 둘째 문호는 이미 이 세상 사람이 아니었다. 며느리로부터 옥사 소식을 들은 나는 그만 쓰러지고 말았다. 가

정형편 때문에 중도에 포기한 공부. 그것이 한이 되어버린 아이. 그런 아들이 시대를 잘못 만나 생목숨까지 잃다니! 생때같은 아들을 잃은 아픔이 채 삭이기도 전에 중일전쟁이 터졌다. 슬픔은 뒤로 미룬 채 산 자식 걱정부터 해야 했다. 차정의 안위만 걱정하며 하루를 맞고 하루를 보냈다. 그런 와중에 큰놈 문희가 출소했다. 그리고 원하던 대로 아내와 재결합까지 하게 되었으니 위안이라면 위안이었다.

모처럼 걱정을 잊고 산다 싶었더니 시샘하듯 비보가 날아들었다. 차정이가 곤륜산전투 중에 가슴에 총상을 입고 쓰러졌다는 거였다. 많이 다치지 않았다는, 아이들의 외당숙 김두봉의 편지를 받았지만 그래도 걱정을 지울 순 없었다. 얼마 뒤, 차정이 끝내 숨을 거두었다는 소식이 날아들었다. 내 배 앓아 낳은 다섯, 그중 셋을 어미보다 먼저 저승길로 보낸 셈이었다. 슬펐지만 이제는 눈물마저 나지 않았다. 어쩌면 이런 일을 이미 예상하고 있어 그랬는지 모른다. 그렇게 자식 셋을 잃었어도 국내 상황은 나아지지 않았다. 되레 대동아전쟁 양상마저도 긴박하게 돌아가고 있었다. 어미의 처지에서는 살아 있는 자식이라도 살리고 싶었다. 문희를 불러 얼른 피신하라고 일렀다. 전쟁의 와중에 또 무슨 빌미로 애먼 사람을 잡아갈지 모르기 때문이었다. 문희도 알겠다며 대구 달성의 어느 과수원에 몸을 숨겼다. 전쟁물자 동원이 심해졌고 살기는 더욱 팍팍해졌다. 그렇게 전쟁의 공포에 휩싸인 어느 날, 일본의 항복소식이 전해졌다. 자식들이 목숨을 바쳐가며 갖고자 했던 조국이 해방된 것이다. 해방에 앞장 선 사위가 차정의 유해를 들고 귀국한다는 전보가 날아들었다. 비록 죽은 자식이지만 집으로 온다니 얼마나 반가운가. 도착하는 날, 일찌감치 부산역으로 향했다. 역 일대는 인산인해로 아수라장이었다. 딸의 유해를 보기 위해 이렇게 많은 사람들이 몰려올 줄 어찌 알았겠는가. 태극기로 감싼 딸의 관을 어루만졌다. 눈물이 왈칵 쏟아졌다. 사위가 건넨 딸의 피가 묻은 옷을 만지자 딸을 만지는 듯 따뜻했다.

해방의 기쁨은 오래가지 않았다. 일본인이 물러난 땅에 이념이 솟구치기 시작했다. 나라는 다시 혼란의 틈바구니에 빠져들었다. 과수원에서 칩거생활을 하던 문희가 더 이상 이런 상황을 좌시할 수 없다며 상경을 고집하고 나섰다. 자신의 미력한 힘이나마 이념 대립을 걷어내는 데 일조를 하고 싶다니 말릴 수도 없었다. 하지만 이념은 무서웠다. 끝내 동족끼리의 피바람을 불러왔다. 서울로 간 아들마저 종적을 감추고 말았다.

전쟁은 끝났지만 문희는 끝내 집으로 돌아오지 못했다. 어디서 어떻게 죽었는지 아들 소식을 아는 이는 없었다. 그러니 시신을 찾을 수 없는 건 불문가지. 그렇게 나는 자식 다섯 중 막내 문하를 뺀 넷을 잃어버렸다. 아파서 죽은 딸 수정을 뺀 나머지 셋을 나라를 되찾는 일에 바친 셈이다. 그런데도 나라는 그런 공을 알아주지 않았다. 다행스러운 건 한 자식의 한만은 풀었다는 거다. 그놈이 바로 1995년에 건국훈장 독립장을 받은 둘째 딸 차정이다. 하지만 아직 두 아들 문희와 문호의 한은 풀지 못했다. 여식 차정의 한을 푸는 데 25년이나 걸렸으니 두 자식의 한까지 풀려면 오십 년은 족히 기다려야 하는 것일까. 생각하면 어미의 가슴이 메어질 뿐이다.

* 이 글은 한국해양대 김재승 교수의 논문 『부산 출신 의열단원 박문희의 항일활동』을 참고하였습니다.

실감과 감동

거짓말도 썩 괜찮은 거짓말이라면

조갑상(소설가)

소설가 이상섭 선생이 부산의 이모저모를 '도란도란' 들려주는 책을 냈다. 소설집이 아니고 팩션집이다.

소설 옆동네에 무엇이 있는지를 살펴야 『거기서, 도란도란』에 대해 제대로 말할 수 있을 듯하다. 소설에 따라붙는 역사, 풍자, 추리, 이런 말들은 소설계에 '본격 소설'이란 점잖은 분이 따로 있다는 전제를 드러낸다. 조금 낡은 분류이거나 아니면 장삿속으로 붙이는 이름일 수 있으니 그냥 소설동네 안의 한 식구라고 보아야 한다.

소설과 닮았으면서도 다른 형식의 글로는 '스토리텔링'과 '팩션'이 있다. '스토리'는 소설의 한 요소로 알고 있는데 어느 때부터인가 뒤에다 '텔링'을 붙여 소설과 딴살림을 차리기 시작했다. 어떤 사실적 대상에다 이야기를 입힌다는 것이니 소설과 다른 방법으로 대상을 살려내거나 돋보이게 하겠다는 간판이 동네 입구에 붙어 있다. 지방자치단체가 물주로 나오면서부터 파이가 커지고 인기도 높아졌다.

팩션 동네는 스토리텔링에 비해 아직까지 규모도 적고 인기도 높지 않다. 무엇보다 소설과는 담 하나라 월담이 수월해서 구분이 애매할 때도 있다. 미국의 소설가 트루먼 커포티가 쓴 책 중에 『인 콜드 블러드』가 있다. 우리나라에서는 먼저 '냉혈'이라는 제목으로 나오기도 했는데 최근 완역본이 나왔다. 이 책에는 여러 수식어가 붙어 있다. '일가족 살인사건과 수사과정을 다룬 진실한 기록', '실제 범죄의 생생함을 문학으로 형상화한 세계 최초의 팩션'.

팩션은 사실을 뜻하는 '팩트'와 허구를 뜻하는 '픽션'의 합성어이다. 사건과 관련된 수많은 인물, 그리고 범인과의 인터뷰를 바탕으로 쓰인 책이지만 작가의 주관적 견해가 개입되지 않을 수 없으니 '팩션'이라 이름 붙였다. 하지만 '랜덤하우스 선정 20세기 논픽션 베스트 100선'이란 광고성 문구도 있으니 팩션과 논픽션의 구분 또한 월담으로 무너지는 모양새다. 우리나라에서는 김탁환의 소설쓰기를 보면 팩션이 무엇인지를 알 수 있으며, 신경숙도 궁중 무희와 프랑스 외교관의 사랑 이야기를 소재로 삼아 그와 경쟁하기도 했다.

야무진 등단을 두 번이나 한 이상섭 소설가는 소설도 잘 쓰지만 소설 이웃동네에 들어가도 금방 그 동네를 휘젓는 만능 작가다. 다르게 말하면, 이상섭은 소설 이웃동네의 글쓰기가 성행하는 이 시절에 여러 매체의 편집자들이 도저히 가

만들 수가 없는 작가다. 국제시장과 을숙도를 누비어 르포 산문집을 내고, 스토리텔링으로 부산의 곳곳에 숨길을 불어넣더니 이제 팩션까지 오고야 말았다.

이 책에서는 부산의 상징인 오륙도부터 인파가 모이는 사직운동장까지 여러 장소를 다룬다. 인물로는 동래현 관노 매동부터 독립운동가 박차정 등의 다양한 삶을 이야기한다. 더불어 유엔묘지에 나란히 묻힌 캐나다 병사 허시 형제 이야기는 장소와 인물이 하나가 된 대표적인 경우다.

묻혀서 잘 알지 못했던 이야기도 있지만 반대로 여러 매체와 장르에서 다룬 이야기도 있다. 인기 있는 소재를 다룰 때는 다른 글쓰기와 차별성을 보여야 할뿐더러 다른 작가와의 경쟁까지 감수해야 한다. 작가만의 전매특허, 비법이 관건이다.

앞서 캐나다 형제 이야기는 형 조셉이 동생 허시가 먼저 떠났던 기차역 사무실에서 투명 테이프를 만지는 장면으로 시작되는데, 전선에서 살아 돌아온 동생이 바로 그 사무실의 금 간 유리창에 붙어 있는 유리 테이프를 만지며 죽은 형을 생각하는 것으로 연결된다. 실감이 감동을 준다는 걸 알면 세부가 필요하고 장치물과 소도구를 잘 부려야 한다. 발표 지면에 따라 이야기의 길이가 다르고 소재에 따라 다소 차이가 나긴 해도, 책에 담긴 대부분의 이야기는 저마다 적절한 장치물들로 인해 시간을 탄력 있게 복원하고 딱딱한 사실들에 활기를 불어넣는다.

책 속에서 작가 스스로 말하고 있듯이 '거짓말도 썩 괜찮은 거짓말'이면 팩트를 조금 비튼다고 누가 시비를 걸겠는가.

기왕 소설 동네는 넓고 독자는 글쟁이 하기 나름이라는 걸 안 이상, 시대물이라 부르든 무어든 이름에 상관없이 값나가는 것 하나 붙잡고 대물로 만들어 달라는 부탁을 하고 싶다. 대형사고를 치는 길만이 그동안 바친 노고에 스스로 보답하는 길이 아니겠는가.

스토리텔링협의회로부터 첫 원고를 청탁 받은 게 아마 2012년 가을이었을 것이다. 남구에 위치한 신선대를 배경으로 한 팩션을 국제신문에 4회 연재할 분량으로 써달라는 거였다. 부산 토박이도 아니었던 터라 용당의 신선대에 대한 이야기 또한 알고 있는 게 없었다. 그런데도 내가 선뜻 응낙하고 만 것은 순전히 원고료 탓이 컸다. 원고료가 거의 웬만한 문학상 상금에 버금갈 정도였으니까. 한데 막상 글을 쓰려고 덤비니 난감했다. 인터넷 검색을 통해 알아낸 거라고는 신선 발자국이 남은 바윗덩이와 『조선왕조실록』에 나오는 정조 12년 때의 용당포 이양선 출현에 대한 짧은 기록이 다였기 때문이다.

행여나 하는 마음으로 신선대를 찾았다. 하지만 그곳에서 발견한 거라고는 2001년 영국 해군 중령 앤드류 왕자가 신선대를 방문했다 하여 세워진 기념비가 고작이었다. 난 천천히 기념비에 새겨진 글을 읽기 시작했다. 그러다가 든 생각이 "정조 때 출현한 이양선이 영국 해군 탐사선 프로비던스호였고, 탐사선의 함장이 윌리엄 로버트 브로우턴(William Robert Broughton)이란 사실을 어떻게 알았을까?" 하는 거였다. 이후 나는 이곳저곳에 전화질을 해댔고 급기야 윌리엄 함장이 항해일지를 남겼으며, 그것을 한국해양대 출신의 김재승 박사가 번역한 사실까지 알아냈다. 그러고 나자 신선대에서 내려다보던 바다로부터 파도, 파도, 하는 소리가 다시금 들려오기 시작했다. 마치 바다 속에 수많은 사연이 묻혀 있으므로 자네가 제발 파도, 파도, 하면서 말이다. 그렇게 하여 만난 인물이 「저기 둥둥 떠 있던」의 주인공 '풍'과 '사월'이다.

신선대를 무대로 한 팩션 원고를 쓰면서 깨달은 것이 바로 '기록의 중요성'이다. 만약 항해일지가 없었다면 그때의 일을 내가 어찌 형상화할 수 있었을까. 그런 깨달음 덕분에 부산의 역사나 장소성을 담아내는 스토리텔링 작업을 계속할 수 있었는지 모른다. 아무튼 덕분에 나는 시간이 흐르자 제법 두툼한 원고뭉치를 갖게 되었다. 그리하여 르포 형식의 원고들은 별도로 모아 작년 말에 『을숙도, 갈대숲을 거닐다』란 책으로 펴냈고, 이번에는 다시 팩션집을 독자들에게 선보이게 된다. 바라는 게 있다면, 독자들도 나처럼 이 책을 통해 부산의 곳곳을 새롭게 바라보는 안목을 가졌으면 하는 것이다. 그것뿐이다.